青春豬頭少年不會夢到揹書包女孩

鴨志田一
插畫◉溝口ケージ

Kadokawa Fantastic Novels

這一天，梓川咲太遇見了一名小學女孩。

第一章

三月的開演

1

這到底是怎麼回事……

七里濱悅耳的波濤聲；熟悉的海風聲。

「叔叔，你是誰？」

混入其中的是揹書包的女孩的聲音。

隱約帶著戒心的雙眼仰望咲太，表情煥發的英氣更勝不安的情感。被這雙眼睛注視的咲太基於兩個理由感到困惑。

第一個理由，這個小女孩酷似他認識的人，和童星時代的櫻島麻衣一模一樣。

第二個理由，咲太是第二次體驗這個狀況。

曾經在夢裡見過。那是一場奇妙的夢，所以咲太記得很清楚。如今，同樣的事情發生在現實生活中。

這兩個突兀感統治腦海，咲太無法好好思考該對這名小女孩說什麼。

所以瞬間脫口而出的話語，和夢中自己的話語相同。

「我也變得很成熟了啊……」

實際上就小學生看來，高中生完全是叔叔吧。在小時候的咲太眼中，穿制服的國高中生看起來相當成熟。不過等到自己成為高中生，卻完全沒有長大成人的感覺……不知道人要到什麼時候才會成為大人。

「媽媽吩咐過，不可以和陌生叔叔說話。對不起。」

小女孩很有禮貌地鞠躬，然後撇頭看向另一邊。

「妳的媽媽怎麼不在？」

就咲太看來，周圍半徑三十公尺內只有他與這個小女孩。不遠處有一位遛狗的老爺爺，但他沒注意這裡，愈走愈遠。

「……」

小女孩沒有回應，假裝沒聽到。

「妳是一個人來的嗎？」

「……」

小女孩這次也依照母親的吩咐，什麼都沒回應。她上一秒才在看江之島所在的西側，隨即露出有點為難的表情，確認鎌倉與葉山所在的東側。

咲太也一起往右看，接著往左看，然後再度思考：「說真的，這到底是怎麼回事？」

首先浮現腦海的是「思春期症候群」這個詞。

世間普遍認為是可疑又無聊的傳聞，不可思議的現象，在網路一角議論紛紛的都市傳說。沒人認真相信這種東西。

不過，咲太擁有明確的理由相信其真實存在。因為例如旁人看不見自己、預知未來、一人分裂為二人、姊妹外表互換等現象，咲太至今近距離看過這一切，體驗過這一切。

其中也包括和一名少女的邂逅——不時會變成高中生或大學生的少女。所以事到如今，即使高中生麻衣突然變成小學生，咲太也不會嚇到，不過會希望老天爺趕快歸還咲太最喜歡的那位亭亭玉立的麻衣……

只不過，有一件事情令他在意。朋友雙葉理央先前說的那句話。

——如果要回到過去，各方面都會很辛苦。

記得是在小惡魔騷動那時候聽到這句話。

咲太無法理解這是基於什麼邏輯，不過既然理央這麼說，那就肯定沒錯吧。

以牧之原翔子的狀況來說，她不時會變成長大後的模樣，如果咲太面前的小女孩真的是麻衣，那就是變成小時候的模樣。換句話說，發生了各種麻煩事。

大概是感覺到咲太的視線，小女孩仰望咲太。看起來想說些什麼，卻什麼都沒說，也沒有作勢離開的樣子。感覺就只是露出有點為難的表情，等待咲太開口。

「妳該不會是迷路了吧？」

咲太就這麼將想到的問題說出口，小女孩隨即抖了一下。看來說中了。

「沒有啦。」

小女孩一臉鬧彆扭的樣子瞪過來。這張不高興的表情和咲太認識的麻衣一模一樣。咲太莫名覺得有趣，嘴角上揚。

「這裡……是哪裡？」

就像要牽制咲太，小女孩板著臉這麼問。

「不是說不可以和陌生叔叔說話嗎？」

「……算了。」

小女孩表情愈來愈不高興，轉身背對咲太，就這麼朝江之島的方向踏出腳步。

「這裡是七里濱喔。」

朝著逐漸遠離的背影這麼一喊，小女孩頓時停下腳步，緩緩轉身看向咲太。

「實際上不到一里的七里濱。」

彼此視線對上時，咲太補充這一句。

「……」

不過，小女孩的嘴巴拉鍊依然拉上。她不發一語，筆直注視咲太。

「我是那邊那間……峰原高中的學生，名字是梓川咲太。」

咲太指著從海邊看得見的校舍，進行慢了好幾拍的自我介紹。

「這麼一來，我就不是陌生叔叔了吧？」

這句話令小女孩愣了一下，吃驚般睜大雙眼……不過，立刻換成笑容。

小女孩純真快樂的笑聲傳得好高好遠。

健康又悅耳的聲音。

光是聽著，心情就逐漸放晴。好清爽。

不過，咲太的內心還是陰天，表情也看不見雲間的陽光。

理由無須多說。

因為他不知道酷似麻衣的小女孩究竟是誰。

「小妹妹，妳叫什麼名字？」

等小女孩笑完，咲太切入核心。嘴巴緊閉成一條線的小女孩詫異地歪過腦袋。

「你不知道我是誰嗎？」

「所以我才會問啊。」

「我是——」

小女孩再度開口的瞬間……

「咲太。」

咲太身後傳來叫他的聲音。

耳朵聽慣的清澈聲音，好想一直聽下去的心上人聲音。

「……？」

咲太抱著驚訝的心情轉身，隨即在大約十公尺的前方發現麻衣。她身穿峰原高中的制服，身高一六五公分，在女生之中算是比較高的。單手按著被海風吹拂的長髮，另一隻手拿著畢業證書筒。是咲太熟悉的麻衣。她留心踩著沙灘的腳，一步步走向咲太。

咲太發不出聲音，注視她走過來。

「幹嘛，一臉吃驚的樣子？」

麻衣消遣般投以笑容。

「麻衣小姐……？」

咲太不禁問了天經地義的事。

「我讓你等待的時間沒有久到讓你忘記我吧？」

麻衣走到咲太面前，責備般輕戳咲太的額頭。包括聲音、舉止以及對咲太的態度……不管從哪個方向怎麼看都是麻衣。

「真的是麻衣小姐耶。」

「就說了，這反應是怎麼回事？」

「因為小的麻衣小姐已經先來了。」

「小的？」

麻衣露出不明就裡的表情歪過腦袋。

「看，就在這裡……」

咲太說著轉身向後，看向紅書包女孩剛才所在的方向。

「……咦？」

不知為何，小女孩不見人影。即使往右看，往左看，三百六十度轉一圈環視周圍的沙灘都沒看見。

沙灘上留著小小鞋子的腳印——不是走向某處的腳印。來到咲太身旁停下之後，就沒有延續下去。

像是忽然在原地消失的痕跡。

「真的假的……」

「咲太？」

「麻衣小姐，妳叫我的時候，有看見揹著書包的小女孩吧？」

剛才咲太轉身時，麻衣位於距離約十公尺的後方，肯定能清楚看見咲太的四周。

不過，咲太認為應該得不到他所期待的回答。麻衣剛剛的態度就證明了這一點，因為對話完全沒有搭上線。即使如此，咲太還是不得不確認。

「沒看見啊……」

麻衣的回答果然不是咲太想聽的內容。

「真的？」

「至少在我下階梯到沙灘走過來叫你的這段期間，你一直是一個人在這裡。」

無懈可擊的說明。因為咲太反問，麻衣就仔細地這麼說。這番話當然不是謊言，因為沒必要說謊。

「怎麼回事？」

這次是蹙眉的麻衣提問。

「如我剛才所說，我在等妳的時候，出現了一個酷似童星時代的麻衣小姐的小女孩……大概這麼大。」

咲太將手放在稍微高於腰部的位置表現小女孩的身高。

「真的是我？」

「聽妳這麼問，我就稍微沒自信了……」

咲太並沒有完整地記得童星時代的麻衣的樣子。

「不過妳來之後，她就不見了。」

雖然只有幾句，但也交談過，咲太不認為那是幻覺。

咲太再度眺望沙灘。麻衣也轉頭確認，卻沒看見揹書包的女孩。

「是某種思春期症候群嗎？」

聽到麻衣輕聲說出的話語，咲太將視線移回麻衣身上。走到伸手可及的距離，目不轉睛地注視麻衣的雙眼深處。

「幹……幹嘛啦？」

「麻衣小姐，還好嗎？發生了什麼事？」

咲太雙手搭在麻衣穿制服的肩膀上，以手心實際感覺麻衣的存在。接著是上臂、手肘……咲太像在確認輪廓般觸摸時，腳背突然傳來痛楚。

「好痛，好痛！麻衣小姐，很痛啦！」

麻衣以腳跟踩咲太的腳。

「不准亂摸別人的身體。」

咲太的雙手也被撥掉。

「用更鹹濕的方式確認比較好嗎？呃，好痛痛痛痛！」

腳跟進一步用力踩踏轉動。

「我很好。沒發生什麼事。」

麻衣面不改色，感覺她不知道咲太正在擔心。

「我才要問咲太，你還好嗎？」

她反過來擔心咲太。

「腳有點痛。」

「我是問正經的。」

麻衣移開腳，改成輕捏他的臉頰。

「我也想不到引發思春期症候群的原因。硬要說的話，就是念書考大學的壓力跟疲勞吧。」

咲太話中有話，故意給了麻衣一個眼神。

「意思是我害的？」

「小的不敢。只是覺得我為了麻衣小姐，正努力想考上和麻衣小姐一樣的大學，所以希望獲得一些獎賞。」

「升學是為了你自己吧？」

麻衣嘆息般這麼說。即使如此，她還是一臉無奈地說聲「拿去」，把自己的智慧型手機交給咲太。手機已經開啟拍照模式。麻衣以大海為背景，和咲太並肩緊貼。

大概是要咲太用手機自拍吧。

「讓你拍張照片做紀念。」

「那麼，要拍了喔。」

咲太伸直手臂，讓自己與麻衣同框。遠方小小的江之島也在角落入鏡。

「來，笑一個～～」

咲太說完要按下快門鍵的瞬間，臉頰傳來柔軟又溫暖的觸感，還有好香的味道。快門片刻之後才拍下照片。

臉頰的觸感立刻消失，麻衣迅速搶走手機。檢視畫面的麻衣嘴角露出笑意。她因為惡作劇成功而感到高興。

咲太從旁探頭看手機，照片拍到被親臉頰、表情有些受驚的他。完全是一臉呆樣。不過咲太不在乎這種事，反倒是麻衣帶點嬌羞的側臉太可愛，讓咲太忍不住傻笑。

「不准傻笑。」

「這張照片要是外流，又會變成醜聞喔。」

「既然這樣，現在就刪掉吧？」

麻衣要離開海岸線似的踏出腳步。

「刪掉之前，請先印一張給我。」

咲太追過去，同時由衷提出這個要求。

「我才不要。」

咲太走到身旁時，麻衣很乾脆地拒絕。

「咦～～」

「因為你好像會擺在房間裝飾。」

「不行嗎？」

「要是花楓看見會不好意思吧。」

「會嗎？」

「會。」

麻衣說得斬釘截鐵，就此結束話題。不過從沙灘走上階梯時，她的手自然牽了過來，只抓住咲太的小指與無名指。保守的牽法。兩人就這麼沿著階梯走到上方的道路。

「對了，咲太。」

「嗯？」

「我想讓你見一個人。」

「見誰？什麼時候？」

「現在。」

咲太問完，麻衣只回答其中一個問題。

走上階梯，眼前紅綠燈的綠燈剛好亮起。134號國道的紅綠燈一旦變成紅燈就要很久才會變成綠燈。明明好不容易變成綠燈，麻衣卻沒過馬路，說聲「這邊」拉著咲太的手往右，帶他到面海的寬敞停車場。

到了夏天會因為遊客來進行水上活動而停滿車的這個場所，在依然殘留著冬季氣息的三月一日空蕩蕩的。

大約是每隔三十公尺停一輛車的程度。

其中一輛……深藍色油電車的旁邊看得見一個人影。穩重色調的外套、過膝窄裙，稍微偏向正式衣著的套裝女性。就像母親參加女兒畢業典禮時的打扮。應該說，就是這種打扮。

女性也立刻察覺咲太與麻衣靠近。她的雙眼主動看向咲太。緊接著，咲太全身被緊張統治。

這也理所當然，咲太對在停車場等待的這名人物有印象。

雙手抱胸等待兩人的是麻衣的母親。

朝咲太投以有點嚴厲的眼神。

對咲太來說，這是沒做任何心理準備的狀況。完全出其不意。

雖然說過「想拜會一次」，但如果是今天要拜會，咲太希望能事先說一聲。以麻衣的個性，恐怕是故意不說吧。

麻衣似乎完全不想放開咲太的手，就這麼穩穩握著，帶他到母親面前。

麻衣母親的視線理所當然般瞥向兩人相繫的手。

「他是我正在交往的梓川咲太。」

麻衣向母親介紹咲太。

「這位是我的……」

接著，她向咲太介紹自己的母親。

「我是麻衣的母親。」

「我是有幸和麻衣小姐進行純潔交往的梓川咲太。」

咲太低頭致意。

「我知道。你和麻衣爆出緋聞的時候，我在各方面都調查過。」

雖然語氣柔和，講的內容卻挺嚇人的。「各方面」這三個字的意思是從哪裡到哪裡？只不過，咲太莫名沒有厭惡感，大概是因為身為「櫻島麻衣」的母親，她這麼做不會令人覺得突兀吧。藝人的母親做這種程度的事情也不奇怪，她給咲太這樣的印象……

「那個時候，我女兒給你造成困擾了。」

「咦？」

咲太沒料到麻衣的母親會這麼說，直接出聲回應。對此，麻衣的母親沒有逐一反應。不知道是單純對咲太沒興趣，還是當成沒聽到……從她幾乎沒變化的表情也無從判別。

「最近記者沒有追著你問問題，或是拍你嗎？」

「就我所知是沒有。」

說不定在沒發現的時候被拍過照片，所以這一點沒辦法說些什麼。

「這樣啊。」

麻衣的母親稍微放心似的說完，看向手錶。

「差不多該走了。」

不等麻衣回應，麻衣的母親就打開車門。上車關門之前，她抬頭看向站在車旁的麻衣。

「妳可能和我一樣沒有看男人的眼光，所以要小心避免他出軌啊。」

還以為要講什麼，居然是講這種事。以咲太的立場不知道該如何反應。

「沒問題的。」

麻衣不和母親視線相對，頗為斬釘截鐵地回應。

「真有自信。」

「因為我慎重挑過對象。」

確實，從第一次表白算起的一個月，麻衣都在測試咲太。

「而且，我有在確實調教。」

麻衣的視線瞥向咲太。咲太原本想回一聲「汪！」，但麻衣的眼睛示意「不必做無謂的事」，所以咲太乖乖地保持沉默。身為確實被調教的對象，不能在這時候害麻衣丟臉。

「就算這麼說，以妳的個性，應該會以工作當理由把他晾在旁邊吧？」

母親像是早已看透般追問。

「這……」

被說到痛處，麻衣頓時結巴。

「拍戲的時候，我都會盡量打電話。」

但她立刻輕聲反駁。

麻衣的母親沒應付這樣的她，視線移向咲太。

「我可以叫你『咲太』嗎？」

「啊，好的。」

「雖然我女兒任性又難伺候，不過請你多多照顧了。」

「咦？」

又是令人意外的話語。原本以為麻衣的母親站在反對交往的立場，總覺得預測落空了。

「我會努力。」

咲太回應這句莫名其妙的話時，麻衣的母親已經關上車門，繫上安全帶並且發動車子，所以應該沒聽到吧。

車子打著方向燈，秉持油電車的特色靜靜起步。

2

目送麻衣母親的車子駛離之後，咲太與麻衣很有默契地同時踏出腳步，回到綠燈鮮少亮起的134號國道紅綠燈。

體感等待約兩分鐘之後過馬路，再走兩分鐘抵達七里濱站，搭乘從鎌倉開往藤澤的電車。

綠色搭配奶油色，很適合「復古」這兩個字的四節車廂電車。

由於是星期日，電車內滿是大學生團體和年輕情侶，連站的空間都不好找。

對今天從峰原高中畢業的麻衣來說，這是最後一次放學。雖然不是悠哉沉浸在回憶中的氣氛，不過眺望窗外遼闊大海的麻衣側臉，看起來不在乎車內的擁擠。

抵達終點藤澤站約十五分鐘的這段時間，咲太與麻衣幾乎沒交談。

下車來到月臺時……

「今天是最後了。」

麻衣說完有點依依不捨地回頭看向電車——通學這三年搭乘的電車。只要想搭依然隨時都可以搭，如果住在藤澤就很簡單。不過，麻衣應該再也不會和通學一樣頻繁搭同樣的電車吧。

畢業應該就是這麼一回事。

某些事情看似不變卻逐漸在改變，某些事情看似在改變卻未曾改變。重點在於能否察覺。

「這也是最後一次看見麻衣小姐穿制服了嗎？」

「雖然嘴裡這麼說，但你對制服沒那麼感興趣吧？」

「因為做人重要的是內在啊。」

不過，想到這是最後一次，也覺得挺可惜的。

「以後就算你拜託，我也絕對不會穿。」

「要拜託的話，我會拜託妳穿兔女郎裝。」

兩人一邊閒聊一邊順著下車的人潮走出驗票閘口，沿著連通道往ＪＲ車站方向走。

藤澤市在東方的鎌倉市與西方的茅崎市之間，位於市中心的藤澤車站除了江之電，東海道線與小田急江之島線也有經過，轉乘各路線的乘客形成人潮。

咲太與麻衣從ＪＲ藤澤站的南門進入，經過驗票閘口前方走出北門，行經家電量販店前方之後先前往超市。

咲太在店內推著推車，跟在走在前方不遠處的麻衣身後。麻衣挑選食材，接連放進咲太推的推車。有點高級的牛肉、香腸、新鮮葉菜，還有鮪魚、鮭魚、花枝、章魚等海鮮也放進推車。

「麻衣小姐，要做什麼料理？」

今天要在咲太家吃飯紀念麻衣畢業。

「還是祕密。」

麻衣看起來挺開心的，這次的購物約會直到最後都很快樂。

結帳之後，東西幾乎都由咲太拿，兩人踏上歸途。

和車站愈離愈遠，行人也隨之逐漸減少。已經看不見大型商業設施和個人商店，即將進入住宅區時……

「啊，對了，麻衣小姐。」

咲太說。

「什麼事？」

咲太從剛才就想問一件事。

「麻衣小姐，妳什麼時候和母親和好的？」

就咲太所知，兩人的母女關係應該無法輕易改善，至少麻衣甚至不喜歡聊到母親的樣子。

明明是這樣，麻衣的母親卻出席今天的畢業典禮，令咲太感到意外。麻衣准她出席真是太令人意外了。

「並沒有和好。」

麻衣就這麼看著前方，若無其事地回應。

「咦？」

咲太聽不懂。

「就說了，並沒有和好。」

咲太愈聽愈糊塗。

「明明來參觀畢業典禮了啊。」

「又不是我拜託的。」

麻衣的話語帶著些許不悅的氣息。這是一如往常的麻衣的反應，是麻衣聽到有人聊到母親時表露的忿恨情緒。

「那麼，是為什麼？」

咲太視線移向旁邊，只在一瞬間和察覺的麻衣四目相對，但麻衣感覺很自然地移開視線。即使如此，咲太還是繼續看著她，最後她輕輕嘆口氣，像是有點不耐煩地開口。

「上個月，我去京都拍戲對吧？」

「是的。」

是二月中旬的事。多虧這樣，開始交往的第一個情人節是相隔兩地度過。咲太理所當然收不到巧克力，所以記得很清楚。

「拍戲現場有一個女童星……那個女孩隸屬於那個人的經紀公司。」

麻衣以「那個人」稱呼母親，這也和以前沒兩樣。

「妳的母親也和那個童星一起去京都？」

從她說明的過程想像，應該是這麼回事吧。

「……」

麻衣默默點頭。

「那個人說，小女孩是我的粉絲……帶她來我的休息室。」

說著說著，麻衣嘴角浮現出不耐煩，大概是想起當時的情緒吧。

「當著童星的面，我也不能翻臉……那個時候，那個人問了畢業典禮的日期。」

「所以妳告訴她，她就來了？」

「沒錯。我以為她無論如何都會因為工作來不了。我的預測落空了。」

麻衣說完露出苦笑。如果是不久前的麻衣，聊到母親時絕對不會露出這種表情。不是全盤否定對方，而是有餘力自嘲想得太天真了。

正因如此，咲太想問個清楚。

「麻衣小姐，妳現在還是討厭母親嗎？」

咲太問了。

「討厭。」

麻衣立刻回答。非但不經思索，話語也連一瞬的躊躇都沒有。話雖如此，卻也不是賭氣逞強的表情，只是據實說出內心的想法。或許因為這樣，麻衣的不耐煩甚至令人感覺到莫名的灑脫。

「國中時代出的寫真集……明明說過不拍泳裝照，那個人卻擅自答應。我對此感到的厭惡至今也沒有消失。」

這在麻衣內心也是真的吧。不會輕易消失，甚至不知道能否消失，和「母親就是母親」這個事實一樣。如同母女永遠是母女，感覺不是能消失的東西。對麻衣來說就是這種傷痕。

「不過，這一年多來發生了各種事情對吧？」

麻衣視線朝側邊一瞥，眼神帶點溫柔，所以咲太隱約知道她想說什麼。雖然知道，不過咲太想聽麻衣說的話，想聽麻衣的聲音，所以使用笨拙的演技假裝不知道。

麻衣看了傻眼地笑了，但還是順著咲太的意。

「發生思春期症候群的事件，認識了你……也因為翔子小妹與翔子小姐的事情經歷了許多辛苦……不過多虧如此，我找到了真正重要的東西。」

最後說得很小聲，不過咲太聽得很清楚，而且這是全世界只有咲太聽到就好的話語。

「我對那個人的厭惡感沒有減少，不過我內心多了其他重要的事物，然後混入重要的事物中……或許因為這樣，我開始能實際感覺到厭惡感逐漸被稀釋了吧。嗯，大概是這樣。」

麻衣慎選言辭說完，表情隱約變得舒坦。咲太也能接受這個說法，同時因為麻衣的話語察覺到某些事。

各種情感並非獨立存在。若是發生一件好事，另一件原本在意的小事可能就會因此不再在意。對自己來說，無論是再怎麼討厭的事，只要發生一件「好事」就會成為原諒的契機吧。因為麻衣說了「多了其他重要的事物……」這句話。

麻衣或許沒自覺，但她這番話承認了她對母親的厭惡感也是「重要的事物」。咲太認為這就是重點。

「而且……」

麻衣想說些什麼，卻只說一半就停頓下來。

「什麼事？」

咲太看向麻衣之後，麻衣目不轉睛地注視咲太，像是在短暫思索。

「在京都一起拍戲的女童星也和我一樣。」

「一樣？」

「聽說父親兩年前離家，變成單親家庭。我在等待的時間和那孩子的母親聊了一下……」

「……對方說了什麼嗎？」

「相反，我問她為什麼讓女兒出道當童星。」

「然後呢？」

「她說：『我們家沒有父親，不是平凡的家庭……所以我想讓那孩子變得特別，她就不必抱持這種自卑感了。』」

「這……」

這番話令人很難做反應。

「後來她說『麻衣小姐是我們的憧憬，也是目標』……我什麼都說不出口。」

不愧是長年以來持續獨占「想收作女兒的童星第一名」寶座的大紅人。對立志成為童星的孩子來說……對家長來說，麻衣肯定是最理想的女兒。麻衣就是如此特別的存在。咲太可以理解世間父母也想讓自己的孩子如此特別的心情。因為一般來說，孩子在父母眼中都是最可愛的……

「畢竟我連他們家的狀況都知道了……聽過之後，對於那個試著回應母親期待的女孩，以及那個女孩的母親，我都沒有否定的意思。因為她們感情非常好，感覺是同心協力一起打拚。」

「麻衣小姐以前不也是這樣嗎？」

「……」

對於咲太這個問題，麻衣沒說「是啊」，只是娓娓道來：

「我不太記得，當時真的很忙……幾乎忙得頭昏眼花，應該說早就頭昏眼花了……每天背台詞、預演、正式拍戲、移動到下一個片場、和那個人練習隔天要拍的場景……每天一直重複這些

事。睡在移動時的車上，在短暫的休息時間到休息室小睡，好幾天都回不了家，飯店住了一間又一間……」

「全程配合這樣的生活，妳的母親也很厲害吧？」

移動的時候，即使麻衣能睡，開車的母親應該也不能睡。在休息室等待的時間，即使麻衣能休息，母親既然以經紀人的身分陪同，應該就不能一起睡。

咲太抱持這種想法插嘴，隨即被麻衣狠瞪。

「你到底是挺誰啊？」

「當然是麻衣小姐。」

「算了。這個話題就此打住。」

麻衣稍微加速，快步先往前走。咲太小跑步跟上之後，麻衣看著前方開口。

「無論如何，我覺得自己還不懂。」

「嗯？」

「不懂母親非得讓自己的女兒變得特別的這種想法。」

看來麻衣說的「就此打住」是指母親和她在童星時代的部分，話題本身確實還在進行。

「我爸之前對我說，父母的想法等自己當父母再理解就好。」

這大概也包含「沒當過就不會懂」的意思吧。

「或許吧。然後，回到最初的話題……我還是討厭那個人。不過考慮到將來，我想稍微改善彼此的關係。」

「妳說的『將來』是指？」

「等自己成家的時候，要是不知道該怎麼經營家庭生活應該會很麻煩。」

麻衣露出有點害羞的表情這麼說。

「不過在我的想像裡，麻衣小姐是一百分的老婆，所以我認為沒問題。」

「但願如此。」

「咦？妳不罵我不准擅自想像新婚生活嗎？」

「如果你想像的對象不是我，我就會罵你。」

麻衣踩著跳舞般的腳步，轉過身站定。兩人已經抵達彼此居住的公寓。

「麻衣小姐。」

「什麼事？」

「一下下就好，可以幫我提這些東西嗎？」

咲太舉起雙手拿的超市購物袋。

「已經到家門前了啊。」

「我想緊抱麻衣小姐，可是雙手沒空。」

聽到她說那麼可愛的話，難免會產生這種衝動。這反倒算是麻衣害的。

「被拍照登在週刊上會很麻煩，所以不行。」

麻衣轉身，就這麼背對咲太，揮了揮畢業證書筒道別。

「我四點過去。」

她單方面說完這句話就走進公寓大門，背影很快就看不見了。

既然麻衣走了，呆站在家門前也沒用。咲太也走進對面公寓，確認信箱空空如也之後搭電梯上五樓。

自己開鎖進屋。

「我回來了～～」

咲太說著進入客廳，正在暖桌開著筆電的花楓抬起頭。

「哥哥，歡迎回來。」

咲太將超市購物袋放在廚房，到臥室換衣服。

書包扔到床上，開始脫制服。外套、長褲、襯衫……穿在底下的T恤與襪子也脫掉，暫時變成只穿一條內褲。

咲太從衣櫃拿出居家穿的運動服。就在這個時候，映在旁邊窗戶玻璃上的自己，讓他覺得不對勁。

「……？」

感覺在自己身上看見了奇怪的東西。

而且，這不是多心。

咲太起身站在窗戶玻璃前面。

映在玻璃上的是只穿一條內褲的自己，腹部有一條像是柏油路面龜裂的傷痕。從右側腹延伸到肚臍的一條大爪痕。看起來泛白且明顯浮現，就像結痂掉了之後的痕跡。

「這是什麼……？」

當然沒人能回答這個疑問。

即使低頭看，傷痕也確實存在。

3

正如道別時所說，門鈴在下午四點整響起。

「啊，是麻衣小姐吧？我可以應門嗎？」

在咲太說「不行」之前，花楓就擅自朝對講機說「來了！」，還獨自去玄關迎接，帶麻衣到

客廳。這時候或許應該為怕生的妹妹的成長感到喜悅，但是應門的職責被搶走，咲太內心冒出複雜的情緒。

「麻衣小姐，恭喜妳畢業了。」

「花楓，謝謝妳。」

麻衣以笑容回應有點緊張的花楓。

麻衣提著好像裝著很多東西的托特包。如果只是到對面公寓吃晚餐，帶這麼多東西過來也太誇張了。

「想必是過夜專用包吧？」

總之咲太先說出自己的願望。話語肯定蘊含了力量。

「怎麼可能啊。」

得到的是傻眼的聲音。

「但我認為差不多可以這樣了。」

咲太與麻衣是從去年夏天開始交往，共度秋天與冬天，迎接春天的到來。隨便算就已經過了半年多。

「不准在花楓面前亂講話。」

麻衣好好訓了一頓。

「就是說啊，哥哥。你真是的。」

花楓發出「姆～～」像是牛的聲音鬧彆扭。看來妹妹喜歡黑白相交的生物。

「我拿了你考大學可能用得到的參考書過來。」

麻衣說完從包包取出一疊書塞給咲太。這就乖乖收下吧。無論麻衣送什麼都會收下，這是咲太的主義。

「還有這個。」

麻衣接著取出的是ＤＶＤ塑膠盒，包裝上方印著「九重」。這是「櫻島麻衣」出道暨走紅作品的晨間連續劇。

電視畫面上，六歲的麻衣哭成淚人兒，聲嘶力竭，奔跑摔倒……漂亮地飾演嬌憐又努力的女主角。

看得入神的花楓剛開始會說「麻衣小姐好厲害」、「麻衣小姐好可愛」，卻在中途被劇情與演技吸引，什麼話都說不出口，半張著嘴專心看畫面，女主角笑的話就會一起笑，女主角哭的話就會一起含淚。

花楓在連續劇播映那時候才三歲，所以沒看過。咲太頂多也只是不時覺得「好像看過這一幕」，沒有同步收看的記憶，可能是在回顧懷念片段的專輯看過。

「咲太，來幫忙。」

咲太聽到呼喚轉頭一看，穿著圍裙的麻衣在廚房招手。

咲太離開電視前方，走進廚房。他決定幫麻衣準備晚餐。今天的聚會名義上是畢業派對，只讓主角麻衣忙的話會過意不去。

「這個，幫我劃刀。」

咲太打開麻衣給他的熱狗包裝袋。每根熱狗以菜刀劃三刀，以免煎的時候破掉。

「所以，怎麼樣？」

麻衣的眼睛看向電視畫面。

「我個人認為現在的麻衣小姐可愛得多。」

「這我知道。」

麻衣輕輕踩咲太的腳，要他別胡鬧。麻衣拿晨間連續劇的ＤＶＤ過來，並不是要比較現在和以前的自己。

無疑是在意咲太在七里濱海灘遇見的小女孩。

「很像。應該說一模一樣。」

別說看見影片的瞬間，感覺在看見封底照片的時間點就足以斷言，真的如出一轍。

「這樣啊。」

「不過正因為這樣，該說覺得不對勁嗎……」

「覺得不對勁？怎樣不對勁？」

「太像了，連說話方式都一樣。」

咲太剛開始不在意，不過看影片沒多久之後，咲太對於兩人過於相似感到疑問。

畫面中的年幼麻衣是麻衣，不過從「正在演戲」的意義來說不是麻衣。不是麻衣本人，而是完美詮釋劇中角色的麻衣。所以即使外表相同，但因為是在演戲，舉止、說話方式與個性應該都會不一樣，否則很奇怪。然而咲太沒有這種突兀感。

「所以我覺得我見到的是以前電視上的妳。」

若要正確形容自己的感覺，這是最貼切的說法。

「總覺得更搞不懂了。」

麻衣單手拿著洋蔥，露出困惑的表情。確實如麻衣所說，狀況看似有進展卻沒有進展，感覺只有謎題愈來愈難解。

「咦？這樣就沒了？」

花楓的聲音使得咲太看向電視，ＤＶＤ已經播放完畢，回到選單畫面。

「麻衣小姐，沒有續集嗎？」

故事應該只演到一半。花楓大概也很在意，就轉向這邊。

「抱歉，我手邊只有這一片。我想和香應該有全套吧……」

「不愧是戀姊偶像。」

「改天我問問和香小姐。」

花楓取出光碟，慎重地收回盒子。

「和香小姐今天也能來的話該有多好……」

和香本人非常想來，但是日期和她所屬的偶像團體「甜蜜子彈」外地遠征行程衝突，所以也沒辦法。現在大概正在新瀉某處唱歌跳舞吧，一邊甩得金髮飄揚……一邊聽著粉絲大喊「小香～～」的聲援……

「花楓，妳現在跟和香處得真好。」

麻衣開心地露出微笑，對花楓取回各種事物感到喜悅。在更單純的方面來說，應該是樂見雙方的妹妹和睦相處。

「因為在我選好志願之前，她一直都教我功課。」

和香這方面幫了很多。一反金髮時尚辣妹的外表，和香成績很好，擅長教人，也很會照顧人，難怪花楓這麼親她。

咲太思考這種事情的時候，花楓來到廚房。

「哥哥。」

「怎麼了？」

「我也想幫忙。」

「那花楓和我一起切洋蔥吧？」

「好的。」

「咦～我也想和麻衣小姐一起～～」

「你手邊工作做完之後去洗米。」

咲太小小的心願被駁回，真悲哀。

這天依照麻衣的指示，咲太與花楓也參與製作的料理是手卷壽司。但這可不是普通的手卷壽司，是以電烤盤煎肉與香腸，包肉的手卷壽司。這就是剛才購買海鮮、肉與蔬菜的原因。

三人炫耀自己原創的手卷壽司，晚餐聊得非常愉快，準備的食材一下子就吃完了。

吃完飯之後泡茶放輕鬆，悠閒聊天、看電視，麻衣每次進廣告都會出現在畫面上，可以趁機和身旁的本人比對。

餐具的收拾與清洗，在麻衣和那須野玩的時候由咲太一個人進行。清理完畢時，時鐘指針走到晚上九點，咲太一如往常去放熱水。

熱水放好之後由花楓先洗，咲太終於得以在房間和麻衣兩人共處。

話雖如此，卻不是坐在床邊營造出美好的氣氛……

兩人在咲太的房間隔著折疊桌相對而坐。桌上是寫著英文單字的筆記本，寫的人是咲太，麻衣正用紅筆打分數。麻衣舉行突擊小考，確定咲太是否有背好每天要背的單字。

「咲太，方便來房間一下嗎？」

她以這句引人遐想的話引誘……

沒想太多就跟進來的結果就是英文單字的突擊小考。

至於結果……每天的努力累積獲得成果，正確率高達九成，九十分。不枉咲太在打工的休息時間、學校下課時間以及上下學的電車上那麼努力。考出這個成績，麻衣肯定也會誇獎吧。

咲太明明這麼想，打完分數的麻衣表情卻不是很好。

「普普通通。」

她以帶點失望的聲音這麼說。

「我要考幾分，妳才會誇獎我？」

咲太為了當作日後的參考這麼問。

「一百分。」

獲得的是殘忍的回答。

「咦～～」

「只需要死背，所以當然要一百分吧？而且還只是初級的單字。」

麻衣不是滋味地說得如此中肯，咲太無從商量。麻衣嚴以律己也嚴以待人，但是咲太知道麻衣會稍微對他好一點，有時候會對他非常好……

「但你之前因為花楓升學的事情很辛苦，我覺得你很努力了。」

賞鞭子之後一定會給糖吃。

「所以，要給你一點點獎勵也行喔。」

「真的嗎？」

咲太不由得微微起身。

「你希望我怎麼做？」

「啊，在這之前……其實我想讓妳看個東西。」

咲太想起一件重要的事，在起身的同時一口氣脫光上衣，瞬間裸露上半身。

「我……我不是說只給一點點嗎！」

臉頰通紅的麻衣稍微別過頭，不過倔強的視線瞥了咲太一眼。她的視線停留咲太的肚子上。

「……咦？」

從麻衣口中發出的聲音是純粹的驚訝。

「什麼？怎麼回事？」

麻衣立刻一臉嚴肅地詢問。因為咲太的側腹到肚臍有一道泛白的奇怪傷痕……

「不知道。」

咲太首先據實以告。

「什麼時候出現的？」

「今天早上換衣服的時候沒有，我回家脫掉制服就這樣了。」

麻衣站起來，繞過桌子。

「我要摸了喔。」

麻衣詢問的同時，以手指碰觸變白的傷痕。指尖撫過白色的肌膚。

「這次你不怪叫啊？」

「我也是現在才發現……那裡被摸，我完全沒感覺。」

「這樣也沒有？」

麻衣在撫過的指尖加點力道。還是沒有被觸摸的感覺。

「難得麻衣小姐肯摸我，我卻完全沒感覺。」

「不要講成這樣。」

「既然有這個機會，我真想感受一下麻衣小姐。」

麻衣明顯露出厭惡的表情收手。

「你說在海邊遇見小學生的我，難道和這件事有關？」

目前完全看不出兩者的關係，甚至不知道是否有關係。既然在這麼短的時間接連發生神奇的事件，就會懷疑其中的關連性，因為時間點也太剛好了。

麻衣撿起咲太脫下的衣服遞過來。她的眼神在說「會感冒，快點穿上」。

咲太乖乖地穿上居家服，再度坐回坐墊。從麻衣投向他的視線看得出些許不安。

「哎～～不過，沒問題的。」

「有什麼根據？」

麻衣也坐在咲太正前方。她筆直看著咲太的雙眼，感覺得到她在擔心。

「我有麻衣小姐，所以無論發生任何事都沒問題。」

所以咲太同樣注視著麻衣，正經地這麼說。

「我和妳一定沒問題的。」

咲太再度強調。

「也對。」

麻衣說完，有點害羞地微笑。

「畢竟沒有翔子小姐了。」

但是接下來，她一邊觀察咲太的表情一邊壞心眼地這麼說。

或許該說不愧是麻衣小姐，她不會輕易交出主導權。麻衣早就看透咲太企圖討個歡心之後撒嬌，不只如此，還以最有效的招式反擊咲太。

「……」

咲太一時語塞，麻衣更是以洋洋得意的樣子愉快地看著咲太。隨即她說「啊，對了」朝帶進房間的托特包伸出手，從裡面取出連續劇的劇本。

又要開始拍新戲了吧，應該是要報告這件事。咲太如此心想，但麻衣抽出夾在劇本裡的一張紙，將劇本收回包包。

「這個給你。」

「這是什麼？」

咲太從桌上接過來的是對摺的某種文件。

「當成護身符。」

「護身符？」

「對。」

即使咲太詢問，麻衣也只是有點難為情的樣子，什麼都不肯說。

當成護身符的東西到底是什麼？

感到疑問的咲太將對摺的紙放在桌上打開。

排列著姓名、籍貫等制式欄位的文件。

仔細一看，上面印著「結婚登記申請書」。

「咦？」

之所以沒有一眼就看出來，是因為設計上和一般的結婚登記申請書不同。填寫的欄位周圍以天空與海的藍色點綴，下緣漂著遊艇，還畫上江之島。

「上次去宣傳電影的日間情報節目，有一個單元是介紹各地的結婚登記申請書。」

麻衣說明的速度有點快。

既然畫上江之島，這應該是藤澤市的結婚登記申請書。

「工作人員半開玩笑地送我節目使用的申請書了。他知道我住藤澤，對我說：『和那位男友結婚的時候請用這張。』」

講得好像都是咲太害的，表情變得像有點鬧彆扭的孩子。這是麻衣隱藏害羞時的表情。

「所以，這可不是我自己去拿的。」

麻衣如此強調，一副「這才是重點」的樣子。

「那個，麻衣小姐……」

「幹嘛？」

麻衣明顯在警戒。

「我想要有麻衣小姐簽名的申請書。」

設計清爽的這張申請書，欄位目前都是空白的。

「我覺得如果要當成護身符，這樣會比較靈驗。」

咲太堅持不讓步。

「只有名字喔。」

麻衣輕聲說完，一把搶過結婚登記申請書轉向自己，以工整字體在「妻」的欄位寫下「櫻島麻衣」四個字。咲太目不轉睛的視線似乎令她不好意思。

麻衣將這張結婚登記申請書轉回咲太的方向還給他。

「來，這樣可以嗎？」

「我下個月十日生日。」

再一個多月的四月十日。

「我知道。」

「咦？我說過嗎？」

「我問花楓的。」

麻衣臉上寫著「別拿我跟不知道我生日的你相提並論」。咲太假裝沒察覺，接過麻衣剛才使用的原子筆，仔細地在「夫」的欄位寫下自己的名字「梓川咲太」。他覺得這輩子直到今天第一次這麼認真地寫自己的名字。

「所以，我下個月就滿十八歲了。」

「選舉要好好去投票喔。」

「也可以去市公所喔。」

「敢擅自拿去繳交，我會生氣。」

在這個國家，十八歲的男女可以結婚。

「如果只是會被妳罵，我就拿去交吧。」

「那就分手。」

「咦～～」

「像這種東西，會想一起交出去吧？」

麻衣稍微揚起視線警告。聽她說得這麼可愛，咲太只能回應：「嗯，說得也是。」

「既然這樣，這張放妳那裡吧。」

咲太仔細摺好結婚登記申請書遞給麻衣。

「要是放我這裡，我可能會不小心交出去。」

「放我這裡的話，就不算是你的護身符了吧？」

「填好兩人名字的結婚登記申請書，如果是麻衣小姐隨身帶著，我覺得會比較靈驗。」

「既然你這麼說了……啊，不過，我可不會隨身帶著喔。」
「咦～～這樣就不靈驗了……」
「好啦好啦，我知道了。我會盡量帶在身上。」
取回平常步調的麻衣從托特包拿出劇本夾住申請書，小心翼翼地收回去。
「總之，關於新的傷痕以及海邊遇見的小女孩，我明天找雙葉討論看看。」
「也對，就這麼做吧。不過，在這之前……」
麻衣維持坐姿，俐落地稍微起身繞過桌子，移動到咲太身旁。
「麻衣小姐？」
「再讓我看一次傷痕。」
咲太沒回應，而是迅速脫掉居家服。
「掀起來就好啦。」
雖然被罵，不過已經脫掉了也沒辦法。
「和上次不一樣吧……」
麻衣將臉湊向咲太的腹部，感覺得到氣息的側腹癢癢的。不過要是講出來，麻衣就會離開，所以咲太決定忍著。
「之前消失的那種傷痕近似血腫。」

上次感覺是割傷一度癒合，這次看起來像是大面積的擦傷結痂掉了之後的痕跡。不同於之前色素沈澱般的傷痕，白色很顯眼。

只不過，在房間只有兩人，麻衣又靠這麼近的這個狀況，傷痕的事情比較沒那麼重要。

麻衣就在張開雙手就能抱緊的距離，毫無防備靠近上半身赤裸的咲太。隔著空氣似乎能感受到麻衣的體溫。

「……」

從剛才就一直聞到好香的味道。

「怎麼了，都不講話？」

靠過來的麻衣疑惑地抬起頭。視線一對上，麻衣有長長睫毛的雙眼眨了眨。雖然遠遠看就很可愛，近距離看更可愛。

「我認為一定是麻衣小姐的錯。」

「……？」

「畢竟現在房裡只有我倆。」

「……」

大概是聽懂咲太想說什麼，麻衣只在瞬間移開視線。

「……也對。讓你冒出這種念頭的我或許也有錯。」

聽起來像在說服自己。

「麻衣小姐？」

「可是，花楓應該快洗完澡出來了吧。」

「所以呢？」

「……所以，只能親一下喔。」

麻衣移回視線，對咲太這麼說。

接著，她立刻輕輕閉上雙眼。

咲太將手疊上麻衣貼在地面的手，麻衣的身體瞬間顫了一下。不過她回握咲太的手，十指相扣。

咲太彎下腰，彼此的距離愈來愈近。

此時，電話鈴聲突然介入。是咲太家的電話，從房間外面……客廳的方向傳來。

「電話在響。」

麻衣就這麼閉著雙眼開口說。

「現在沒空理那個。」

咲太緊握麻衣的手，繼續把臉湊過去。

「哥哥，電話～～！」

這次是盥洗間傳來聲音。應該是洗完澡的花楓聽到電話聲吧。

「花楓幫我接啦～～！」

咲太朝房外這麼喊。

「真是～～」

即使花楓嘴裡抱怨，隔著門還是聽得到噠噠噠的腳步聲跑向客廳。這麼一來，終於沒有人礙事了。

「哥哥，爸爸打來的啦～～」

咲太才這麼想，就再度傳來花楓的聲音。

「……」

「……」

到了這個地步，高漲的心情也飛到九霄雲外。麻衣故意清了清喉嚨之後離開咲太。

「花楓在叫你了。」

麻衣遞出咲太的居家服這麼說，看起來有點遺憾。

咲太接過居家服穿上，到客廳接電話，看見花楓招手示意「快點快點」。而且她只圍一條浴巾，一副見不得人的模樣，頭髮依然濕答答的。

「花楓，會感冒喔。」

「都是哥哥害的啦～～」

花楓鼓起臉頰，將話筒塞給咲太。

「爸，什麼事？」

咲太一接電話，完成職責的花楓就趕回盥洗間，行經的地板留下濕腳印。那須野避開這些腳印走。牠是協助防止二次災害的聰明的家族成員。

『是關於你母親的事。』

父親的聲音從第一句話就隱含緊張。

「嗯……」

這份緊張也傳給了咲太。

『現在，院方准許她返家療養了。』

「嗯……原來如此，媽病情好轉了啊。」

『對。然後，我跟她說花楓狀況變好……她就說想看看花楓。』

「媽想看花楓？」

不可能有其他意思，因為父親只說了這件事。即使如此，咲太還是反問確認，因為他聽到兩年來不可能聽到的話語，反射性地確認是否屬實。

『嗯。』

父親回以像是深深肯定的聲音。

「這樣啊……」

咲太不經意看向電話機面板，上面顯示著父親的手機號碼。

『嗯。』

「這樣啊，是這樣啊……」

感受到視線的咲太從電話機抬頭一看，就看到穿著睡衣的花楓一邊用毛巾擦著頭髮一邊走回客廳。

「媽媽她……怎麼了嗎？」

大概是從咲太說的話理解到正在討論母親的話題，花楓以混了好奇、疑問與不安的眼神看著咲太。

「爸，等我一下。」

『嗯。』

咲太等父親回應之後拿開話筒，重新面向花楓。

「花楓，我問妳。」

「什……什麼事？」

大概是在意，麻衣也走出咲太房間。咲太在花楓後方看見她的身影，不過咲太現在的注意力

集中在花楓身上。

「妳想不想見媽媽？」

被問到的瞬間，花楓驚訝地睜大雙眼。不過，如同一開始就已經決定好答案……

「想。」

她沒多想就回答。

「我想去。」

接著，她立刻再說一次。

「我想去見媽媽。」

彷彿要確認自己的心情，花楓再度將想法說出口。

咲太朝花楓微微點頭，然後將話筒抵在耳際。

「爸。」

『……我聽到了。』

聲音好像有點哽咽。不過咲太認為不該明講，只輕輕回答「嗯」。

咲太心想目前只要這樣就夠了。

4

「真意外。你明明沒有戀童癖。」

咲太提到自己遇見夢裡年幼的麻衣之後，理央劈頭就說出這種感想。

「對吧？」

為了讓理央看腹部的傷痕而脫下的襯衫已經穿回去，咲太扣上釦子，坐在圓凳上。

畢業典禮隔天，三月二日星期一，女兒節的前一天。

今天的課已經結束，窗外遼闊的操場傳來棒球社吆喝聲的平凡放學後時光。即使昨天剛舉辦畢業典禮，校內氣氛也完全回到平常模式。少了三年級學生，氣氛相對冷清了些，但是學生們看起來沒對此感到有哪裡不對勁。

咲太自己也是一如往常上學，一如往常上課，一如往常到物理實驗室露臉。

原本從二月開始就沒有硬性規定三年級學生要上學，他們也幾乎沒來學校，所以自然習慣了沒有三年級學生的校內氣氛吧。這也是因為咲太和麻衣以外的三年級學生沒交集，「畢業」這兩個字就只是字面上的意義……

「……」

理央整理思緒的這段時間，咲太心不在焉地看著燒杯周圍附著的小氣泡以免打擾她。酒精燈

的火在咲太的呼吸下微微搖曳。

燒杯裡的水沸騰之後，理央默默蓋上酒精燈的蓋子熄火。

「從狀況來看，推測原因在你或櫻島學姊身上應該合理吧？」

理央以玻璃攪拌棒攪拌馬克杯裡泡的咖啡。倒入牛奶之後，咖啡捲著漩渦混合成很好喝的樣子。理央只喝一口就把馬克杯放回桌上，揚起視線以眼神問咲太是否想到什麼可能性。當然是引發思春期症候群的可能性。

「我擁有世界上最可愛的女友，妳覺得我會有煩惱嗎？」

要說哪裡辛苦，頂多就是為了實現可愛女友的心願而拚命念書的備考過程。

「既然這樣，櫻島學姊那邊呢？」

「感覺她心裡也沒有底。以麻衣小姐的狀況來說，我知道她和母親處得不是很好，剛開始朝這個方向懷疑……」

「你有根據斷言這不是原因嗎？」

「在我察覺的時候，她們的關係已經稍微改善了。」

昨天畢業典禮之後，麻衣介紹她母親給咲太認識。

麻衣說這份厭惡感今後也不會消失，不過母女關係隨著時間經過朝好的方向進展，咲太認為這是事實。

問題當然沒有完全解決。

不過，咲太覺得沒有嚴重到會引發思春期症候群。

麻衣的堅強足以面對自己對母親的情感，也承認這個心結，試著在心情上妥協。不是非黑即白那麼明確，而是逐漸改變灰色深淺的感覺。

咲太認為這樣就好，也認為沒有其他解決之道。

麻衣知道自己和母親的關係已經無法回復為純白。她承認而且察覺到這一點。正因如此，咲太覺得這方面算是不成問題。

「既然這樣，問題果然在你這裡吧？」

「我剛才也說過吧，沒這種事。」

「會不會是過於幸福所以害怕？」

喝著咖啡的理央一副半放棄的態度。

「妳認為有哪個思春期症候群會因為這種理由發作嗎？」

「有也不奇怪吧？畢竟這也是人類內心產生的不安。世上好像也有人害怕現在的幸福被破壞喔。我無法理解就是了。」

理央最後這麼補充。

「我會變得比現在更幸福，所以沒什麼不安。」

「真是可喜可賀啊。」

感覺像瞧不起人的話語。不過，說完微微一笑的理央表情沒有討厭的情緒，雖然包含一點點傻眼的成分，不過感覺像是要咲太儘管繼續幸福下去。

「那個酷似櫻島學姊的小女孩……」

理央稍微繃緊表情，要回到原本的話題。

「嗯？」

「只有你看得見是吧？」

「嗯。」

「去那裡的櫻島學姊沒看見？」

理央為防萬一進行確認。

「沒錯。」

咲太深深點頭回應。

「如果這是『兩人無法同時存在』或『無法同時認知到兩人』的狀態，那麼櫻島學姊和酷似櫻島學姊的小女孩之間應該有建立起某種因果關係。」

「就像是無法同時觀測兩個雙葉那時候？」

「或者說，像是無法同時觀測翔子小妹與翔子小姐那時候。」

「……原來如此。」

「但是不知道和你肚子的新傷痕有什麼關係。」

「妳也沒轍嗎……」

「既然無論如何都很在意，要不要問問翔子小妹？」

「哎～～也有這個方法可行啦……」

「她記得至今體驗過的許多未來吧？」

「所以我問不出口啊。」

「因為翔子小妹什麼都不說就去了沖繩？」

「沒錯。」

如果是故意不說，那麼應該是因為這個問題小到沒必要說。是無論發生什麼狀況，咲太都能解決的簡單問題。

不過，如果不是這樣，如果看過許多未來的翔子也不知道這個事態，那就絕對不能問。因為問了會害翔子擔心。

「因為牧之原小妹正忙著歌頌自己的人生。」

咲太不想妨礙她。

「我希望她比任何人都幸福。」

「把櫻島學姊放在一旁講這種話沒問題嗎？」

「我會和麻衣小姐一起幸福，所以沒問題。」

畢竟已經這麼約定，就算沒約定，咲太也打算這麼做。

「既然這樣，就不是在肚子留下奇怪傷痕的時候了。」

「一點都沒錯。」

咲太回答之後，看向黑板上方的時鐘。

快四點了。

「跟人約好要去約會嗎？」

察覺的理央這麼問。

「哎，算是吧。」

咲太隨便回應之後從圓凳上起身，揹起書包。

「花心要適可而止啊。」

在理央這句話目送之下，咲太離開了物理實驗室。

5

走出學校，天空依然明亮。如果是冬季，這個時間西方天空已經染紅。咲太從天空的藍感受季節的更迭，走在學校通往七里濱站的一小段路。

抵達車站，搭上剛好進站的電車，回到離家最近的藤澤站。

混在觀光的大媽和外國人、學生、揹書包的小學生等人潮中走出驗票閘口，穿過以連通道連結的ＪＲ車站。

在家電量販店前方的廣場，有一名自彈自唱的年約二十歲的男性。國高中生停下腳步，圍成小小的人牆。

「啊，這是霧島透子的翻唱耶。」

「唱得挺好的耶。」

「去看看吧。」

走在咲太前方的兩個女高中生也加入成為小小人牆的一部分。

霧島透子是之前麻衣說「聽說現在很紅」，在影音網站活躍的音樂人的名字。像這樣目擊也有人在網路以外的地方翻唱，就覺得真的很紅。

話雖如此，咲太已經有約，所以只看了一眼就從自彈自唱的聽眾人牆後方經過，在家電量販

店前方左轉走下階梯。

回家的話要右轉，不過就如理央所說，咲太跟人有約。

走下高架步道就這麼沿路直走，映入眼簾的是咲太打工的連鎖餐廳。咲太打開店門進去。

「歡迎光臨～～！」

非常適合一頭輕盈短髮的可愛女服務生笑盈盈地前來招呼。但她一看見咲太的臉，笑容的花朵就枯萎了。

「什麼嘛，是學長啊……」

她表露明顯不是滋味的態度。這個女生是古賀朋繪，跟咲太同校小一屆的學妹。

「我今天是客人喔。」

「我知道。畢竟班表沒有學長的名字。」

「……」

「不……不是啦。」

「什麼？」

「我不是偷查學長的班表，只是好奇今天有誰排班才看的。」

「我又沒說什麼。」

「學長絕對在胡思亂想吧？」

「那當然，思春期的男生大致都在胡思亂想。」

「唔哇～～學長爛透了。」

咲太自認講的是一般共識，朋繪卻只抨擊咲太。她打從心底厭惡般瞇細雙眼，朝咲太投以輕蔑的眼神。

「『今天的古賀也很可愛耶～～』我只是在心裡這麼想啊。」

「可……可以在心裡想，但是不要說我可愛啦。」

「既然這樣，我也不在心裡想了。」

「我不是說可以在心裡想嗎！」

像這樣一如往常地拌嘴時，後方的店門開了。

別的客人上門光顧。

「歡迎光臨！請問一位嗎？」

朋繪回復笑容打招呼。

「現在變成兩位了。」

進店裡的友部美和子看著咲太，有些惡作劇似的回答朋繪。

咲太說要談有點複雜的事，請朋繪安排靠窗角落的桌席座位。

兩人都點了飲料吧，美和子吃著加點的鬆餅時，咲太簡單說明自己的規畫以及花楓最近的狀況，感覺幾乎是閒聊的輕鬆內容。

請朋繪收走空盤，各自倒了第二杯飲料時，由咲太切入正題。

「我想諮詢的事情，是關於我和花楓的母親。」

為了談這件事，咲太請美和子今天撥空給他。

「我沒聽你父親詳細說明過……但她現在還在住院吧？」

「現在是居家療養，所以好像有時會回家，不過感覺像是反覆住院。」

之所以說得籠統，是因為咲太也沒正確掌握狀態。父親不讓他操這個心，因為咲太一直背負著「楓」與「花楓」的問題。

「但我聽說最近好轉很多。」

正因如此，今天才會請美和子過來。咲太想問一些事。

「這樣啊。」

「然後……我媽說想見花楓。」

說到這裡時，美和子應該已經猜到咲太要說什麼。但她還是聽完咲太說話，然後緩緩點頭。

「這樣啊。」

「花楓聽到之後也說想見媽媽，想去見媽媽。」

「說得也是，會想見面吧。」

「花楓有這個念頭，無論怎麼想都是好事，不過……」

以咲太的立場，他也很高興聽到花楓說「想見媽媽」、「想去見媽媽」。

「我不太能判斷她去見母親有沒有問題。」

咲太自覺講這個很沒出息，還是毫不隱瞞地向美和子直接說出內心的想法。既然找對方來諮詢，愛面子沒有任何助益。

「你在擔心花楓對吧？」

要是見到母親，花楓可能會受到打擊。雖然不是花楓害的，但是母親因為她遭到霸凌而失去教養孩子的自信，精神出了問題。要是重新目睹那副模樣，花楓或許會感受到責任，或許會被這份責任壓垮。

明明好不容易變得敢外出，也敢到國中上課，不久之前也剛決定自己的出路……感覺她又會變得悶悶不樂。

想讓花楓跟母親見面，想讓她去見母親。一反這份想前進的心情，擔心發生什麼萬一的情緒將咲太束縛在地。

「咲太，你真的是哥哥耶。」

「咦？」

突然聽到這句意外的話語，咲太喝到一半的冰紅茶差點噴出來。

「我覺得你好努力扮演哥哥的角色。」

「這是什麼意思？」

美和子沒回答。相對地，對於咲太諮詢的問題，美和子直接說出自己的想法。

「有這樣的你陪伴著花楓，所以我認為她已經沒問題了。」

「……？」

不過，這不是能讓咲太坦率接受的理由。

「花楓已經察覺自己有『哥哥』這個絕對的靠山，所以肯定沒問題。」

「……」

即使聽她說到這種程度也不這麼覺得。

「瞧你一臉不敢相信的樣子。」

並不是不相信美和子，也不是不相信美和子說的話。這個人直到今天總是把花楓當成自家人提供幫助，一直耐心陪著花楓走到現在。咲太不相信的是自己，因為美和子說「沒問題」的根據在於咲太的存在。

「為了讓你抱持自信，我現在開始條列你的優點比較好嗎？」

「這就免了。」

這樣只是極刑。

關於美和子的主張，咲太某些部分還無法接受，但他想相信美和子的判斷。總比反對花楓和母親見面好得多。

「所以，既然你母親那邊沒問題，我就認為應該去見面。日期討論得怎麼樣？」

「這方面接下來才要討論。因為我想先徵詢您的意見。」

聽父親說這件事的時候，關於花楓這邊的判斷，咲太提到也想徵詢美和子的意見。這就是咲太今天像這樣跟美和子見面的原因。

「我媽那邊好像也還沒向醫院好好確認，所以正在等回應。」

「這樣啊。希望可以實現。」

美和子看著咲太，露出柔和的笑容。溫暖的表情感覺得到她是真心希望可以實現。

看著這樣的美和子，咲太覺得理解她那番話的意思了，覺得能接受了。

不只咲太，花楓周圍還有許多擔心她、協助她的人。美和子就是其中一人，麻衣與和香也在旁扶持，還有上次來玩的鹿野琴美。這些人造就花楓的「沒問題」，肯定成了她前進的勇氣。

雖然發生過許多辛苦的事，但花楓在這些辛苦之中找到許多寶物。所以，沒問題。

美和子緩緩喝完杯裡剩下的紅茶。她將空杯子放回茶碟之後，視線移回咲太身上。

「你沒問題嗎？」

「……？」

「瞧你一臉不知道被擔心的表情。」

她說的一點都沒錯，所以也無可奈何。

「青春期的親子摩擦大多發生在同性之間……尤其是母女，所以我沒那麼擔心你，但你也很久沒見到母親了吧？」

「這……說得也是。」

「咲太，你想見母親嗎？」

「……」

美和子的問題應該不算唐突，因為今天一直在談母親的話題，應該不是會猶豫該如何回答的問題……

不過，聽到美和子這麼問的瞬間，咲太感覺到莫名的愧疚，使得「想見面」這三個字哽在喉頭。

「……我可能有點怕。」

咲太像在摸索這份愧疚的真面目般開口回應。一旦注意到，就清楚看見這股絕對不算小，近似不安的情緒。雖然是現在察覺到的，但這東西很久以前就盤踞在咲太的內心，不知何時就已經在那裡了。

經過了兩年多。

要是見到母親，首先該怎麼做？

正確答案是說聲「好久不見」嗎……咲太完全不知道這樣對不對。要以什麼表情、什麼態度、什麼方式見面？即使試著從各方面思考……也完全看不見「應該會這樣」、「但願這樣」或是「想要這樣」的未來藍圖。

「我不知道要說什麼……應該說，花楓原本就常和母親說話，但是和她比起來，我沒那麼常和母親說話，不過對父親也一樣就是了。」

「你的母親是什麼樣的人？」

「要說什麼樣……我覺得很平凡啊。現在想想，她的個性或許比較溫吞一點……但她是家庭主婦，我認為她將家裡打理得很好。」

準備早中晚三餐，打掃房間，每天洗家人的衣服……有許多非做不可的事情，但咲太不記得曾經感覺到不便。

有時候衣服會積著沒洗，晚餐是外面買的熟食，或是午餐吃泡麵解決，但是咲太沒聽過一手包辦家事的母親透露不滿。每天做這些家事明明相當辛苦，應該也會有覺得麻煩的時候……

和父母分開住，家事全部得自己做之後，咲太也明白了這一點。

「還有……」

咲太想說下去，卻找不到後續的話。

搬到藤澤之前的十五年，明明一直住在一起……

明明應該有更多能說的事……

「孩子意外地不熟悉父母吧？」

「……是啊。」

「尤其以男生的狀況，像是父母童年是怎麼過的，初戀是什麼時候，現在及以前有什麼樣的朋友，或是彼此認識的過程，這些都不知道吧？」

「……」

真的每一件事都不知道，所以咲太只能默默肯定。

關於父親，咲太感覺分開住之後比較常交談。國中時代若是發生什麼事，幾乎都是透過母親溝通，像是「你爸爸這麼說喔」或是「我幫你跟爸爸說」之類。

和母親的對話，基本流程是母親問了才回答。咲太不會積極說今天發生的事，會這麼做的是花楓。

花楓和母親的感情比較好，和父親的距離也比較近，三人形成家庭的小圈圈。

說來神奇，即使試著回憶和母親講過什麼話，咲太也完全想不到。大概是內容過於家常，所以沒留在記憶裡。

早安；我開動了；我吃飽了；今天可能會晚點回家；我出門了；我回來了；我去洗澡了；我洗好了……晚安。

雖然有更像樣的對話，但同樣是全部隨時間流逝的日常的一部分，沒被記憶之網捕撈。

正因如此，咲太不知道見到母親後該說些什麼。昔日說話都沒有多想，是身處於天經地義的平凡日常所成立的對話。如今沒有這個大前提，所以咲太現在才會害怕吧。咲太還不曾在脫離日常的環境和母親交流……

不過光是理解這一點，心情就稍微變輕鬆了。

「先找友部小姐諮詢這件事真是太好了。」

「是嗎？」

咲太唐突地這麼說，美和子以疑問回應。

「因為聊著聊著，我就找到心情的緣由了。」

「遇到什麼煩惱或困擾再找我談吧。」

「好的。」

最後，咲太在美和子「希望花楓可以和母親見面」這句聲援下道別。

6

和美和子見面的當天晚上，父親再度打電話來。和母親的主治醫師討論的結果是建議等到花楓國中畢業再面會……電話裡說的是這樣的內容。

這當然是顧慮到花楓。

國中的畢業典禮在下週……三月九日。

咲太不可能有反對的理由，所以老實接受父親的提議。

「爸，你能來畢業典禮嗎？」

舉行畢業典禮的三月九日是星期一，平凡無奇的平日。

電話旁邊的花楓也在意對話內容。

『我會出席。』

「這樣啊。太好了。」

咲太以眼神向花楓示意，花楓隨即有點害臊地笑了。雖然很高興爸爸能來，但在某方面來說也有點害羞。即使如此，感覺安心大於害羞，她抱起那須野表現喜悅的心情。

咲太本來想說父親無法出席的話就代為出席，所以感到遺憾。這樣就沒藉口光明正大的不去上學了。

『面會那天，我和你媽確認之後再和你聯絡。』

這句話應該包含「確認母親的身體狀況」這層意思。

「知道了。」

咲太刻意不說「我等你聯絡」就掛掉電話。

接下來的這幾天，本來想回到平凡的日子……不過咲太與花楓心裡都在意著和母親的面會，度過每一天。

彼此在週二、週三、週四、週五都是早上出門上學……以咲太的狀況，上課時還算是認真聽講，在下課時間或上下學的電車上也繼續念書備考。然後也會去打工，隔天天亮又去上學，每天過得頗為充實。

即使如此，還是會基於某些不經意的契機，使得母親的事情填滿咲太腦海。像是和與自己母親同輩的某人的「媽媽」擦身而過時，或是在超市購物看見和母親差不多高的「媽媽」時……

此外，看見帶著國中女兒的別人的母親時，無論如何都會看見花楓與母親的影子。看見開心歡笑的母女，就覺得花楓與母親要是回復為這種關係該有多好。

不，這份心情從很久以前就存在於咲太內心。

只不過，現實距離理想太遙遠，加上還有「楓」的事情，所以咲太下意識試著不去思考。咲太自認曾經一度死心，但是這個想法沒有消失。

讓他想起這一點的契機在世界上隨處可見；平凡的親子在世界上隨處可見。

週末的星期六，咲太整天都在打工。前往山梨縣某處拍連續劇的麻衣在這晚打電話來。

「麻衣小姐，大學怎麼樣？」

國公立大學在今天三月七日統一放榜。

『考上了。』

麻衣的聲音聽起來從接電話開始就很愉快，所以咲太猜測應該考上了。應該說麻衣不可能落榜。這才是咲太熟悉的櫻島麻衣。

「麻衣小姐，恭喜妳。」

『謝謝。』

「……」

『……』

「咦？妳不說『所以咲太也要努力喔』這樣？」

『我知道你確實有在努力。』

「那麼，如果我明年沒考上，妳也不會生氣？」
『我會只多等你一年。』
「我不想為了考大學念那麼久的書，所以會努力一次就考上。」
到最後，咲太被引導主動說出了「會努力」。如果譬喻為北風與太陽，感覺今天是敗在太陽作戰。
大概是聽到咲太的宣言感到滿意，麻衣說聲「晚安」之後結束通話。
隔天三月八日即使是週日，咲太也一大早就帶花楓出門。
從藤澤站搭電車晃了約一小時，抵達大都市新宿。他們來聽函授制高中的學校說明會。
長達一個半小時的說明，花楓非常專注聆聽，聽到在意的內容還寫筆記，試著自己好好選擇將來就讀的學校。
團體說明會結束之後，父親也晚一步來會合，參加個別的諮詢會。或許該說不愧是號稱最先進的函授制學校，只要在三月底之前繳交入學申請書，就可以從隔月四月成為一年級新生開始上課。還有大約三週的緩衝時間，所以接受諮詢的女教員溫柔地對花楓說：「還有時間考慮，不用焦急。」不同於全日制學校，申請也沒有名額限制，所以真的沒必要急著辦手續。
父親與咲太都認為花楓應該會暫時保留結論先回家，但是這個預測漂亮地落空。
聽完說明，覺得差不多該回去而起身時，花楓說「我想就讀這裡」，以自己的意志與話語做

出決定。

看起來沒有焦急也沒有逞強，表情很開朗，像是終於把一直放在心裡的想法說出口。

接著就使用女教員準備的筆記型電腦，透過網路完成申請手續。

校方姑且要花幾天審查，不過這麼一來就決定花楓要就讀的高中了。

大概是心情因而舒坦許多，隔天畢業典禮的早晨……

「我出門了！」

花楓精神抖擻地出門。

正如約定，父親出席畢業典禮，不只如此，麻衣也悄悄出席了。咲太這天從學校返家的時候得知了這件事。

麻衣也和結束畢業典禮的花楓待在咲太家，好像是搭頭班車從山梨縣外景片場回來的。長髮束起來從肩頭往前垂下，給人沉穩的感覺，還戴著平光眼鏡。上半身是偏正式的素色外套風格，下半身難得穿窄裙，所以咲太先把這身打扮烙印在眼底，麻衣隨即默默踩他的腳。

當晚，上完偶像課程回來的和香也加入，咲太家舉辦這個月第二次的小小畢業派對。

決定就讀的高中，也確實參加畢業典禮，看來花楓真的建立自信了。面對麻衣與和香，花楓健談的程度大約比平常多兩成。

花楓的國中畢業典禮順利結束，心情上終於進入等待父親來電的模式。雖然這麼說，卻也不能二十四小時在電話前面待命，咲太每天上學為高二最後的期末考做準備。

回家之後念書準備大學考試，隔天又要去學校考試。光是這樣循環就風平浪靜地度過一週。

說到這段期間有什麼特別的事，就是咲太考完試回家時發現信箱有一封信。是搬到沖繩的翔子寄來的。

一起附上的照片映出她充滿活力的樣子。她笑盈盈地站在美麗的海岸線，白色短袖連身裙加上草帽的打扮。信上寫到這天的氣溫超過二十五度。

和春意剛至的關東地區大不相同。

——**我會再寫信給你。**

以這句話作結的這封信沒有提到思春期症候群，所以咲太認為翔子不知道他腹部出現新的傷痕，也不知道酷似麻衣的那個小女孩。

「哎，既然不知道，那麼不知道比較好。」

咲太決定改天回信，將這封信收進抽屜。

然後，週末再度來臨。

三月十四日，星期六。

這天受到和香邀請，前往橫濱的某個展演空間欣賞甜蜜子彈的演唱會。麻衣再度前往山梨縣

ますね。
牧之原 翔子

拍連續劇所以不在。

對和香來說，今天也是她的生日演唱會，所以麻衣沒來讓她感到遺憾，但她在台上接受粉絲的聲援，完全燃燒到汗流浹背。

演唱會結束之後，因為今天是白色情人節，還有成員們的餅乾贈送會。

可以選一名喜歡的成員，收到她親手送的一片餅乾。

咲太排在甜蜜子彈隊長廣川卯月的隊伍中，領到餅乾還握了手。全力握手好像是卯月的慣例，咲太的右手有點痛。

而和香理所當然地大發脾氣。

「為什麼去排月月那裡啦！」

「因為我想謝謝她陪同商量花楓的出路。」

咲太說出正當的理由。

「……就這樣？」

「因為我喜歡不穿內褲的偶像。」

這也是正當理由。

「她有穿啦！」

一起看演唱會的花楓則是乖乖排和香的隊。

即將回去時，咲太與花楓又請卯月撥空，再度跟她道謝並全力握手之後，兩人踏上歸途。這時候已經是晚上九點多。

花楓鮮少在天黑之後外出，這麼晚還在外面令她有點興奮。

「和香小姐好厲害耶。」

「嗯～～是啊。」

「卯月小姐也好帥。」

「是啊。」

「我還想再去看演唱會。」

花楓完全喜歡上了。

咲太與花楓聊著這個話題抵達家門時，已經是晚上十點多。

「我回來了～～」

咲太對看家的那須野打招呼。那須野從客廳探頭叫了聲「喵～～」來迎接。

咲太給那須野享用比平常晚很多的晚餐時……

「啊，哥哥，有留言。」

察覺這一點的花楓這麼說。

咲太轉身一看，電話的紅色燈號確實在閃爍。

或許是麻衣在外景片場打電話來。

「……」

從花楓注視咲太的雙眼看得出緊張。

不用問也知道她在想什麼，因為咲太也想到這個可能性……除了麻衣，會打電話過來的只有一人。

胸口中央開始躁動，感覺緊張的心情萌芽逐漸膨脹。在這份心情孕育到過於茁壯之前，咲太走向電話，按下閃爍的按鍵。

——您有一通新留言。下午八點二十一分。

咲太與花楓的視線都沒離開電話。離不開電話。

『關於和母親的面會……』

傳來的是父親的聲音。

『她現在身體狀況不錯……雖然有點趕，不過明天下午能見面嗎？』

父親完全沒說多餘的話，直截了當說明用意。

『我晚點再打電話。』

語音訊息就此結束，室內突然變得安靜。

「花楓，怎麼樣？」

「……」

花楓沒出聲回應，而是深深點頭。她的臉上沒有迷惘。

「知道了。那麼，明天去媽媽那裡吧。」

咲太拿起話筒回電給父親。

「啊，爸，是我——」

Character Profile

酷似麻衣的神祕小學生

？？？

在七里濱海岸
向咲太搭話的
小學女生。
她的樣貌很像
童星時代的麻衣。

第二章

羈絆的形式

1

隔天三月十五日星期日，從早上就下著小雨，天候不佳。

咲太與花楓八點多起床，靜靜吃著吐司、荷包蛋、優格加柳橙汁的簡單早餐。

吃完之後早早就洗完餐具收好，打開電視消除室內的寧靜。心不在焉地收看一週大事、體育與綜藝新聞。

「做準備吧。」

快到十一點的時候，咲太對花楓這麼說。

當然是外出的準備，也是去見母親的準備。

「嗯。」

花楓頗為明確地點了點頭，顯然在緊張。回房的腳步看起來也有點僵硬，動作怪怪的。等花楓進自己房間之後，咲太也前往自己的房間。

迅速脫掉居家服，換上連帽上衣加牛仔褲的輕便服裝。女氣象播報員剛才在電視上說今天是春季應有的氣溫，所以大概不必穿外套。

回到客廳，花楓還沒出來。隔著門隱約聽得到聲音，好像正在換衣服。

經過整整五分鐘，花楓換好衣服出來了。吊帶連身裙底下是樸素的針織上衣。有點小大人感覺的服裝，雖然不花俏卻感覺得到她的用心。

「會……會怪怪的嗎？」

花楓和咲太四目相對，露出緊繃得硬梆梆的奇怪笑容。

「臉怪怪的。」

咲太直接說出想法回應。

「我是問衣服啦～～」

這次花楓臉上露出緊繃的苦笑。

「這套衣服也是麻衣小姐送的吧？」

「嗯。」

「既然這樣就不可能會怪。」

「有時候就算適合麻衣小姐穿，也不適合我穿啊。」

「那麼，出發吧。」

咲太姑且聽完花楓的主張，快步前往玄關。

「啊，等我啦～～」

花楓連忙跟過去。等花楓穿好鞋子，咲太朝門把伸出手。

一如往常打開就好的門，不過咲太以稍微不同於往常的心情開門。相隔約兩年的今天，他要和母親見面，要去和母親見面。

咲太開門了。

在淅淅瀝瀝的小雨中，咲太配合花楓的速度慢慢前進。從公寓延伸的坡道。兩人維持足夠的距離避免雨傘相碰，一步步走向車站。

站在雨傘下，雨珠打在傘面的聲音聽起來特別大聲。明明雨沒下那麼大……因為沒有其他雜音，聽起來很明顯。

途中，走在旁邊的花楓好像說了什麼。

「嗯？」

咲太出聲反問。

「下雨了耶。」

傾斜雨傘仰望天空的花楓側臉看起來有點遺憾。

今天是特別的日子。

對多數人而言或許只是普通的星期日，對咲太與花楓而言卻是相隔兩年才到來，真的很特別的日子。正因如此，花楓才希望天氣放晴吧。

「爸爸有花粉症，所以這樣剛剛好。」

「這樣啊。大概吧。」

花楓硬是接受咲太的說法，然後看向咲太，有點難為情地笑了。離家前的緊張一直持續到現在，笑容也有點僵。

「哥哥……」

花楓像是不肯面對這份靜不下來的心情，再度喚了咲太。

「嗯？」

「途中會經過橫濱站吧？」

「會啊。」

令人覺得永遠都在施工的橫濱站。肯定不是永遠不會完成，而是永遠持續進化的車站。真想在活著的時候看看一度完成的狀態……

「車站怎麼了？」

「我想買布丁給媽媽。百貨公司地下樓的……裝在燒杯裡的那種。」

「啊～～是那個吧，以酷帥大叔當標誌的。」

小時候去橫濱站買東西，回程時經常買這種布丁當伴手禮。記得原本是開在葉山或逗子的

店，原來橫濱百貨公司裡也有展店。

「因為媽媽很愛吃。」

「那個不是妳愛吃的嗎？」

「愛吃啊。不過，媽媽很喜歡喔。」

「這樣啊。」

上次和美和子見面時，聊到子女意外地不熟悉父母，咲太像這樣回顧就發現自己甚至不知道母親愛吃什麼。雖然隱約覺得母親愛吃南瓜料理，卻不記得當面問過母親愛吃什麼。說起來根本沒想過要這麼問，因為即使沒問也不會造成任何問題。

「所以，我想再和媽媽一起吃。」

「知道了。」

母親肯定會開心吧。花楓的心意應該會傳達給她。

「還有，哥哥……」

「還想買燒賣過去嗎？」

住在橫濱那時候，定期會擺在餐桌上的燒賣，放涼也很好吃。

「啊，我也想吃燒賣。不過，我不是說這個……」

「不然是說哪個？」

「……」

明明主動開口，花楓卻沒有說下去，稍微低下頭看著腳邊，雙腳交互動來動去。她的側臉明顯露出不安神色。

所以咲太很清楚她在擔心什麼。

「是媽媽主動說想見面，應該沒問題。」

咲太代替花楓看向前方，以自言自語般的語氣說。

身旁傳來稍微嚇到的反應。

即使如此，咲太依然看著前方繼續走。

「哥哥，你為什麼知道？」

「因為妳寫在臉上。」

「寫了什麼？」

「『我害媽媽過得很辛苦，要是媽媽不喜歡我怎麼辦』這樣。」

可能憎恨我、討厭我，或是畏懼我……花楓應該在想像這種負面的可能性。花楓遭到霸凌不是她的錯，但這是母親揹上重擔並被壓垮的原因……所以無法逃離這個事實。

做了不該做的事，這份罪惡感深植在當事人花楓內心，要她別在意也很難。

即使是各種不幸交織成的結果，一旦認為原因在於自己的軟弱，這份萌芽的心情就無法輕易

消除……

或許光靠花楓自己無法消除。

如果自己更振作一點……如果沒輸給霸凌，或許至今依然可以全家一起生活。咲太認為她總是這麼想。

「媽媽真的沒生氣嗎……？」

「要是媽媽知道妳這麼想，可能會生氣。」

「……」

「至少我不願意看到妳這麼想。」

「嗯……」

聽完咲太這番話，花楓終於抬起頭，但表情依然僵硬。即使不安的心情稍微緩和，也沒有完全消除緊張。

這也在所難免。

咲太的家庭就是存在著這麼深的鴻溝。名為「兩年」的明確鴻溝，沒辦法視而不見，悠哉地活下去。

所以就算抵達藤澤站，花楓的緊張也沒消失，搭電車到橫濱的時候也還在。在橫濱站下車，到百貨公司買要買的布丁時，順便也買燒賣時，花楓的笑容都很僵。

不只如此，愈接近目的地，花楓話就愈少，從橫濱站轉搭京濱東北線之後就幾乎沒開口。

「下一站還要轉車喔。」

「……」

她只有默默點頭回應咲太的話。

兩人在下一站東神奈川站下車，轉搭開往八王子的橫濱線。明明是橫濱線，卻沒開到橫濱站。實際上，直達的電車班次也滿多的……但若不知道就會有點混亂。

花楓在空蕩的車內找座位坐下之後，小心翼翼地抱著布丁盒，視線不經意看向車外。只不過景色恐怕沒映入她的眼簾，她應該滿腦子都是母親的事。

咲太刻意不發一語。他認為即使自己不說話，花楓也不會有問題。因為今天的花楓雖然感到不安也絕對沒停下腳步。

即使慢了點，也一步步確實走向母親面前，以自己的意志走過去。

在銀底加上黃綠條紋的電車上晃了十多分鐘，看得見窗外一座特別顯眼的建築物。不同於辦公大樓或住宅公寓，又圓又大的影子。

是舉行過日本代表選拔賽與世界杯決賽的橫濱國際綜合競技場，現在叫作日產體育場。周圍沒有大型建築物，所以相對地很有存在感。

電車停在最靠近體育場的小机站時，咲太對花楓說「這裡」，催促她一起下車。

走出驗票閘口先朝和體育場反方向的南方走，看見大馬路之後右轉沿路直走一陣子。

雨勢比離家時強，落在地面的雨珠反彈濺溼鞋子。花楓沒有抱怨或不滿，在傘下縮著身體，行走時小心避免淋溼特別買來的布丁。她的身影像是在寒風中孵蛋的母鳥般嬌憐。

咲太認為她真的很期待和母親一起吃布丁，懷抱著雨水休想妨礙的堅定意志。

沿著大馬路走了一陣子之後，咲太向花楓示意轉進右邊巷子。

「快到了。」

「……嗯。」

如他所說，走了約五十公尺之後停下腳步。雙腳被雨淋得溼答答的。

「這裡？」

花楓隨後停下腳步，仰望眼前的建築物。三層樓的老公寓，外牆漆成現代的色調，不過從直接通往戶外的階梯等處感覺得到建築物的年代。

對咲太來說，這是第二次來訪。

他終究不能不知道父親住哪裡，所以在分開住沒多久就造訪過一次。當時父親說這裡是屋齡超過四十年的老舊員工住宅。

沒有電梯，所以爬樓梯到三樓。

３０１號房的門牌以小小的字體寫著「梓川」。

「好了嗎？」

按對講機之前，咲太姑且向花楓確認。

「等……等一下！」

大概是突然被問而更加緊張，花楓搖了搖頭。

「知道了。」

咲太在允諾的同時按下對講機。

「哥……哥哥？」

花楓輕聲哀號，抗議咲太騙人。

「拖下去會更緊張吧？」

人如果能解除緊張，一開始就不會緊張了。

「是……是沒錯啦……」

花楓即使能接受咲太的說法，表情還是充滿了不滿。

「那就別問我啊～～」

如果咲太不問，花楓應該也會抱怨怎麼沒問她，所以咲太姑且只口頭上問一下。妹妹沒能理解這份貼心，真悲哀。

咲太這麼想的時候，響起喀嚓的開鎖聲……門從內側開啟。

「有淋到雨嗎？」

父親說著從玄關現身。明明是假日卻穿著襯衫與西裝褲，看起來打條領帶就可以上班。

「連襪子都溼透了。」

咲太按著父親開啟的門，先讓花楓進玄關。

花楓在催促下進去，咲太也跟著進玄關之後關門。脫掉鞋子，也脫掉襪子。咲太與花楓都是赤腳穿上父親準備的拖鞋。

「打擾了。」

花楓以沒人聽得到的細微聲音說。

這裡是父親住的家，所以應該也可以說是咲太與花楓的家。不過這個家有陌生的味道，咲太不覺得是「自己家」。正如花楓所說，只有「打擾了」的感覺。

而且父親表情看來有點為難。不過這只是一瞬間的事，他重新振作般進入屋內。這種事不是今天的重點。

「孩子的媽，花楓跟咲太來了。」

父親鑽過像要遮住玄關視野般垂下的門簾，朝飯廳這麼說。

「……」

感覺花楓的緊張又膨脹了一圈。

咲太在花楓身後搭著她的肩，彷彿要放鬆她背部緊繃的肌肉。花楓嚇一跳轉頭看過來。

「走吧。」

「……嗯。」

等花楓回應之後，咲太輕推她的背。

屋內格局是兩房兩廳含廚房，從玄關通過短短的走廊鑽過門簾就是飯廳。

花楓主動進入飯廳。

遮住視野的門簾後方，一名女性坐在飯廳的椅子上等待。臉頰看起來有點疲憊，感覺比記憶中消瘦，甚至有種縮小了一點的錯覺。不過，輕輕束起來從肩頭垂下的髮型和以前一樣……無疑是咲太與花楓的母親。

「媽媽……」

花楓一叫，母親揚起沉在桌面的視線。她的雙眼往兩側繞了點路之後筆直捕捉到花楓。

「媽媽。」

花楓以更勝剛才的清楚聲音呼喚母親。

「花楓……」

沙啞的聲音，要是沒注意就會聽漏。不過這個聲音確實傳到咲太、父親及花楓耳裡。

「嗯，媽媽，是我。」

花楓一步步走向母親，將布丁盒放在桌上之後繞到母親那裡，毫不猶豫地緊握她的雙手。

「媽媽……」

聲音因為淚水而哽咽。花楓反覆叫著：「媽媽，媽媽……」像是忘記其他話語，像是要在這一瞬間補回這兩年沒叫的份，不斷不斷地叫著媽媽，媽媽……

對此，母親點頭回應：「嗯，嗯……」每叫一次就回應一次。

「媽媽……」

「嗯……」

「媽媽……」

「嗯……」

「媽媽……」

「花楓真是的，只會一直這樣叫。」

「因為……」

「花楓，妳長高了。」

「嗯，好像是。」

母親以毛巾溫柔擦拭花楓淚汪汪的臉。

「頭髮也剪短了。」

母親雙手搭在花楓肩膀上，從正面端詳花楓的臉。

「會奇怪嗎？」

花楓捏著髮梢向母親徵求感想。

「不會，變成姊姊了。」

聽到母親這麼說，花楓有點害羞，開心地笑逐顏開。

「那個，這是麻衣小姐介紹的髮廊……那個，麻衣小姐是哥哥的女朋友。哥哥交了女朋友耶，嚇一跳吧？然後……」

一旦開口，花楓就再也停不住，話語與情感決堤般滿溢而出。

分居至今經過兩年。

從花楓克服解離性障礙開始算起，也過了將近四個月。

在絕對不算短的這段時間，花楓也經歷了各種事。敢到國中上學了；努力念書考高中；自己決定了出路。除此之外，以前幾乎每天都會跟母親說的「今日大小事」，依照分開住的天數累積到今天。

不管再怎麼說都不可能說得完，不可能說得夠。

父親原本說：「先面會一兩個小時，看看情況再循序漸進……」但是咲太第一次看時鐘的時間點就已經輕鬆超過預定的時間。咲太與花楓來到這裡已經過了三小時以上。

這段時間幾乎說個不停的花楓肚子難免咕嚕叫。

「雖然有點早，來吃晚飯吧。」

母親自然而然這麼說完，四人著實久違地圍坐在同一張餐桌。咲太幫父親下廚，買來的燒賣也微波加熱端上桌。

用餐的時候，花楓也有說不完的話題，像是「下次想吃媽媽做的可樂餅，我也要幫忙做」或是「好啊，我們一起做吧」等等，愈聊愈愉快，咲太實際感受到花楓與母親原本靜止的時間開始流動。

餐後甜點是花楓小心翼翼帶來的布丁。

「好好吃。」

「嗯，好吃。」

母親與花楓都細細品嚐這份懷念的感覺，不時莫名眼淚盈眶，度過一家人的時光。

和咲太與花楓剛到的時候比起來，母親的氣色似乎變好了，雙眼也感覺得到明確的意志與力量。

直到不久前甚至還無法想像這一天會來臨。因為對咲太來說，這種像是理所當然的家庭光景早已在遙不可及的世界。

花楓試著改變，試著取回。

這令咲太開心得不得了。

回過神來，時間已經是晚上八點多。

咲太與父親負責收拾餐具，即使收拾完畢，花楓也還在和母親說話。現在正在努力說明自己畢業後的出路。

現場氣氛不容任何人說出「時間差不多了……」這種話。

所以快到九點的時候，父親像是要完成自己的職責般告知家人。

「回去會太晚，時間差不多了……」

對此，咲太認為母親必然會說出這句話。

「今天住下來不就好了？」

就是這句話。

「對吧？」

母親笑著看向花楓。

「可以嗎？」

花楓戰戰兢兢地回應。

「嗯。」

「哥哥……？」

不知道是否可以自己決定的花楓轉身看向咲太與父親。看到這個反應，咲太以眼神向父親確認。從今天母親的狀況來看，花楓住一晚應該不會怎麼樣，甚至覺得反倒是好事。

國中那邊也已經辦完畢業典禮，明天沒課。真要說的話，花楓現在是放春假的狀態。即使在家裡住一晚，應該也沒有任何人會責備吧。

「也對，就這麼辦吧。」

父親思索片刻，做出尊重母親意願的結論。

「哥哥呢？」

拍板定案時，花楓詢問咲太。

「我今天要回去，畢竟得餵那須野吃飯。」

而且以咲太的狀況來說，他明天也要上學。但應該只是領回這週期末考的答案卷吧……無論如何，不能扔著負責看家的那須野不管。

「早知道就也帶那須野過來了。」

「那孩子也過得好嗎？」

「嗯，很好喔。」

「改天帶來吧。」

父親這麼說。

「這裡可以養寵物嗎？」

這裡是員工住宅，感覺不太方便。

「只要事先說明原委，只是一天應該可以獲准吧。」

父親繞圈子告知實際上是禁止的。

「那我回去了。」

咲太說完從椅子起身。

「哥哥，路上小心喔。」

「花楓也是，媽媽就拜託妳了。」

「嗯。」

咲太走到玄關穿鞋。

「媽也是，我改天再來。」

咲太朝室內說完之後開門出去，也沒忘記拿傘筒裡的傘。

只有父親穿上涼鞋送他到公寓樓下。

「雨停了。」

抬頭看見的夜空還是陰陰的，不過如父親所說，沒在下雨了。

大氣的髒汙經過沖洗，聞得到乾淨空氣的味道。

「咲太，謝謝你。」

「嗯。」

咲太不知道父親在謝什麼，但是不好意思問清楚，所以含糊地回應。

即使沒有確實理解，也大致能理解。是關於今天四人聚在一起的事。雖然只有短短數小時，原本以為或許永遠不會到來的數小時來臨了。在他人眼中或許算不了什麼，對咲太他們一家人來說卻是有如奇蹟的時間。所以對於這件事，父親的情感化為話語脫口而出。

非常簡單，意義也非常重大的話語。

「也對花楓這麼說吧。」

「嗯。」

「她絕對會開心的。」

「說得也是。」

「……」

「……」

「那我走了。」

咲太準備踏出腳步。

「咲太。」

此時，父親叫住他。

「嗯？」

「這個，我從以前一直找不到機會給你……」

父親說完遞出一把有點黯淡的銀色鑰匙。

「家的鑰匙？」

咲太說的是「這個家」的意思。

「嗯。今後或許會用到。」

「知道了。我帶著吧。」

咲太接過帶點父親體溫的溫熱鑰匙，然後稍微舉起手表示真的要回去了。

「路上小心啊。」

「爸也是，花楓跟媽拜託你了。」

直到最後都只以簡短話語交談的咲太往車站方向踏出腳步。憑感覺就知道父親一直目送他的背影，不過他直到轉彎來到大馬路都沒回頭。

他不知道該以什麼表情回頭，也認為父親一定不知道他回頭時該如何反應。

咲太比平常更注視前方一些，持續前進。

獨自回家的路上，心情維持亢奮，一直無法平靜下來。

走向車站的時候是如此。

在月臺等電車的時候是如此。

轉搭電車的時候是如此。

隨著電車晃動的時候也是如此……

充滿喜悅的身體帶著些許熱度難以按捺，驅使、催促著咲太。

雖然這麼說，卻完全不是想立刻奔跑或大喊，不是伴隨著這種激烈行為的衝動情感。是喜悅的心情靜靜搏動的感覺。

這份陌生的感覺使得身心都不知所措，失去平靜。

咲太覺得真是難為情。

因為明明發生值得高興的事，卻對此嚇了一跳，無法坦率地細細品嚐這份喜悅……

基於這層意義，咲太慶幸花楓留下來過夜。這份浮躁的心情，他大概不知道該怎麼對妹妹說明吧，因為不管說什麼都一直處於輕飄飄的感覺。

咲太在內心稍微嘲笑這樣的自己，只不過要是表現在臉上會引起周圍乘客側目，所以他裝作若無其事，站在車門旁眺望夜晚的車窗，直到電車抵達藤澤站……

咲太在藤澤站下車一看，月臺時鐘顯示時間將近十點。

爬樓梯避開排隊搭電扶梯的人潮。

即使是現在，花楓大概也還熱衷於跟母親說話吧，或許差不多該洗澡了。因為好久不見，她和母親一起洗也不奇怪。

咲太思考著這種事，一步步走上樓梯。

感覺僅僅一天就將這兩年的鴻溝一口氣填平。說起來，或許鴻溝根本不曾存在。花楓與母親就是這麼輕易取回了往昔的氣氛。

他認為這也是一家人才做得到的。

「說不定會再住在一起……」

這一天或許比想像的更快來臨。只要今天映入眼簾的數張溫柔的笑容依然存在，感覺這將是不久之後的光景。

含淚展露笑容的花楓；擦著眼角的淚水愉快地聆聽花楓說話的母親。兩人一直手牽著手，一起笑，一起流淚，然後又一起笑……重複這樣的互動。看著這樣的兩人，父親感慨萬千，好幾次差點哭出來卻以笑容掩飾，掩飾不了就藉故去廁所……真是充滿了許多張溫柔的臉龐。

咲太今天的所見與所感，肯定是人們稱為「家族羈絆」的東西吧。

即使走出驗票閘口，即使朝著家門踏出腳步，即使途中去了便利商店，咲太體內充盈的亢奮

感還是沒有消失。

直到回到公寓，說著「我回來了」脫鞋時，才稍微鬆了口氣。聞到住慣的自家空氣，感覺從今天早上就繃緊的某種東西逐漸放鬆。

察覺到聲音的那須野叫了聲「喵～～」從客廳探頭。

「那須野，我回來了。餓了嗎？」

「喵～～」

咲太洗手漱口之後，和那須野一起到客廳，拿乾糧給黏在腳邊嬉戲的那須野吃。

看著默默吃乾糧的那須野，咲太心情緩和下來，但沒多久又想起今天的事，心情變得浮躁。

看來光是回家不足以平息這份亢奮。

證據就是洗完澡接到麻衣打來的這通電話成為超過三十分鐘的熱線。明明以往講得再久，最多也只講十分鐘左右……

關於今天要去見母親，咲太也已經事先告知麻衣，所以在電話裡做個報告。

花楓走出家門就開始緊張。其實從昨晚就這樣，進一步來說，從決定見面的時候就一直在意這件事。

所以咲太認為花楓即使真的見到母親，或許也沒辦法立刻開口。但他錯了。不必咲太或父親準備契機，花楓就主動積極地向母親說話，和母親交流，拚命填補這兩年的空白。

咲太對麻衣說明花楓當時的樣子，時間轉眼即逝。

麻衣從頭到尾專注聆聽。

『花楓她好努力。』

「是啊。」

『真的太好了。』

麻衣感同身受的這份心情透過話筒傳來。不是說「太好了對吧」真的很像麻衣的作風。花楓和母親見面朝著好的方向進展，麻衣自己對此感到喜悅。她像這樣為咲太與花楓著想，咲太開心得不得了。

「麻衣小姐，對不起，電話講這麼久。謝謝。」

『沒關係啦，畢竟我也很在意，而且明天要拍的部分已經準備好了。』

麻衣得意洋洋地說自己已經背好所有台詞。

「記得妳是週四回來？」

『預定是這樣。』

「我會引頸期盼。」

最後一如往常聊了幾句。

『晚安，咲太。』

「晚安。」

兩人互道晚安之後結束通話。

2

昨天晚上理所當然地沒睡好。內心深處靜靜捲著浪濤，咲太的意識應該是在凌晨三點才沉入夢鄉。

即使如此，今早起床的精神也特別好。意識幾乎在鬧鐘響起的同時清醒，咲太一下子就起身，按掉不斷發出刺耳鈴聲的鬧鐘，下床伸了一個大懶腰。

「唔唔～～哈～～」

拉直全身筋骨之後放鬆。如此一來，意識便更加清醒。

咲太走出房間前往客廳。此時，只有那須野在的室內感覺莫名寧靜。寂靜纏繞著肌膚。

光是花楓不在，家裡的空氣就大不相同。

咲太並非第一次在這個家獨自迎接早晨，不過這種經驗少之又少，所以還是覺得怪怪的。

平常的話花楓會在，以前則是楓會在。

「喵～～」

那須野來到腳邊磨蹭，咲太拿早飯給牠吃，接著自己也吃了早餐。花楓不在，所以吐司沒烤就直接吃，番茄整顆直接咬。當然也沒擺盤，都是直接站在廚房吃光，省去洗碗盤的工夫。最後配上柳橙汁將乾巴巴的吐司吞下肚了事。

時間還很寬裕，所以咲太打開電視聽著晨間情報節目，慢慢做上學的準備。

快八點的時候走出家門。

一個人走在通往車站的熟悉道路。穿褲裝的年輕女性以及像是大學生的男性，和咲太一樣走向車站。兩人都不時注意智慧型手機並按了按，差點撞上電線桿。不，實際上大學生真的稍微撞上了，還說著「啊，對不起」道歉。

平凡無奇，一如往常的平穩生活。

無論是明天還是後天，等待著咲太的通學路肯定大同小異。

上週或是上上週也都差不多。

若無其事，千篇一律，毫無樂趣可言的早晨光景。

應該會永遠持續的日常就在此處。

不過，這種平凡的日子其實總有一天會結束。

再過一年，咲太從高中畢業的話就會結束……或許一家四口在這之前就會再度住在一起。這

麼一來，咲太很可能會搬離這座城市。

目前和花楓一起住的藤澤公寓，要是一家四口一起生活會有點小。雖然這麼說，但昨天造訪的父親租借的員工住宅以大小來說一樣不夠。

「太心急了嗎……」

咲太這麼認為，內心卻也有另一份情感不這麼認為。從昨天花楓與母親的狀況來看，一家四口共同生活的未來或許也伸手可及。

「到時候再說吧……」

老實說，咲太腦海還沒能浮現自己離開藤澤生活的樣子，所以無法想像自己、花楓加上父母四人一起生活的光景。明明直到花楓遭到霸凌之前，一家四口都是很正常地生活在一起……

「哎，只能順其自然……」

這是可以順其自然的事，因為兩年前和楓搬來藤澤的時候就是如此。經過兩年這麼久，和妹妹的兩人生活變得理所當然。

所以即使現在的生活改變，只要每天都過得不後悔就好。不必發生什麼特別的事，沒發生任何特別事情的每一天才幸福，抱持這樣的想法度日就好。感覺只要明白這一點就沒問題了。

咲太看著熟悉的景色讓自己的思緒奔馳，花了十分鐘左右走到藤澤站。

穿越ＪＲ車站，從江之電藤澤站搭車。車上以國高中生為中心頗為擁擠。咲太抓著吊環，隨著緩緩行駛的電車搖晃。電車開得慢，所以晃得也慢，這種感覺好舒服。

電車離開腰越站行駛沒多久就來到海岸線。

明明剛才都像是穿梭在民宅之間，視野卻突然變開闊，眼前的光景變成大海。海面沐浴在晨光下，閃閃發亮。

接下來只是心不在焉地看海，就抵達了學校所在的七里濱站。

這個時段會在這一站下車的幾乎都是峰原高中的學生或教職員。

拿起ＩＣ卡，在像稻草人豎立的驗票機感應之後出站。站務員說著「早安」目送乘客離開。

從車站通往學校的路出現一條制服色的人流。咲太也成為人流的一部分，過橋穿越平交道之後走進校門。

咲太在校舍入口看見好友國見佑真。不過討厭咲太的上里沙希也在，所以咲太沒打招呼就前往教室。

沒和任何人交談就抵達二年一班的教室。

已經約半數學生到校的教室裡，籠罩著早上班會時間前特有的喧囂。各處傳來朋友之間閒聊嘻笑的聲音。

咲太以餘光看著他們，坐在靠窗的自己的座位。晴朗的今天可以清楚看見水平線。

鐘聲響起，晨練的運動社團學生們慌張地衝進來，班導隨後進入教室。

「不在的舉手～～」

班導只隨便點個名就結束早上的班會。

二年級的期末考也在上週結束，這週只要發回答案卷，加上也只要上半天課，所以師生心情都很輕鬆。教室有種像是消化比賽般缺乏緊張感的氣氛。現在這時期的學校整體都是這樣。

咲太也一樣，可以的話想懶散地打發時間。但即使期末考結束，咲太也有一個必須繼續念書的原因。要為明年考大學做準備……

所以咲太打開單字本，開始背每天例行該背的單字。教室後方傳來某人「再過不久就要重新編班嗎……」的感嘆。咲太不知道是誰，也不想知道。

這只不過是下課時間常有的對話，咲太頂多心想朋繪應該會在意明年怎麼編班。這也是一瞬間掠過腦海的想法。

一如往常，和平常一樣。二年一班今天也正常運作。

因此，咲太到了這個階段也還完全沒察覺異狀。

第一堂課開始沒多久，咲太就感覺不對勁。

事情發生在英文老師照座號發還期末考答案卷的時候……姓「梓川」的咲太座號是一號，所以應該會第一個被叫到名字。

不過，老師沒叫「梓川」。

「……？」

座位二號的學生被叫到，接著是三號，四號。

沒必要急著領答案卷，所以晚點再確認就好。咲太這時候是這麼想的。

最後全班都領回答案卷。某些同學滿意自己的成績，也有同學說著「完了……」燃燒殆盡。

在這樣的狀況下，咲太起身走向講桌。

「老師，我沒領到。」

他向英文老師這麼說，但是這句話沒得到回應。

「那麼，從第一題開始講解。」

英文老師轉身面向黑板，開始以粉筆寫英文。

「老師，也可以讓我領回答案卷嗎？」

英文老師停下拿粉筆的手轉過身來。

「這裡很多人寫錯，要小心啊。」

但他說出口的話語是講解題目以及該注意的部分。

咲太的要求完全被無視，被忽略了。不，這種說法不正確，英文老師沒無視也沒忽略。無視與忽略都是刻意的行為……所以和這個狀況有著根本上的差異。咲太覺得完全不同。

因為英文老師看起來完全沒聽到咲太的聲音。

沒看到咲太的身影。

即使站在他前方，將手伸到他面前，他也毫無反應。

將手放在他肩上也沒有反應。

甚至沒有反射動作。

而且這不只是發生在英文老師身上的異狀，二年一班所有學生都沒對咲太的行動起反應。

「有人看得見我嗎？」

咲太大幅揮動雙手向全班同學示意。

沒有任何人說「看得見」，也沒人對咲太的行為蹙眉或嘲笑。某些學生若無其事地認真聽老師講解，也有某些學生在桌子底下滑著智慧型手機笑嘻嘻的。即使是眾所皆知會對咲太宣洩不滿的上里沙希，也認真地將寫錯的題目正確解答抄在筆記本上。

「真的看不見也聽不到是吧！」

咲太說得比剛才還大聲當作確認，連老師的聲音都被蓋過，幾乎是在大喊。

不過，還是沒有任何人有反應。

也沒有學生對老師說：「不好意思，剛才那邊我沒聽到，請再說一遍。」

「這是什麼狀況……」

只知道周圍的人現在看不見咲太。

也聽不到聲音。

沒認知到咲太的存在。

簡直和去年春天襲擊麻衣的思春期症候群一樣……

狀況本身可以這麼解釋。

咲太不是對這個神奇事態感到困惑，而是不知道為什麼會變成這樣。

這使得咲太感到混亂，感到困惑。

恐怕是某種思春期症候群。咲太盡可能讓步，接受這個可能性。實際上，周圍的人變得看不見咲太，所以不得不承認。但是造成這個事態的原因，咲太完全沒有頭緒。

咲太至今經歷的思春期症候群都有理由可循。麻衣是如此，朋繪是如此，理央是如此，和香是如此，楓是如此，花楓是如此，翔子也是如此……

「我最近發生了什麼事嗎？」

可能不小心引發思春期症候群的事件；傷透腦筋煩惱的事情。

「……」

咲太試著思考一段時間。

但是找不到答案。

如之前對理央說的，現在的咲太有全世界最可愛的女友，一直很擔心的花楓也一步步前進。沒有任何問題，反倒是過著單純幸福的每一天，甚至認為目前這個世界上離思春期症候群最遠的人或許就是咲太……

即使如此，現狀可不容他這麼說。

這麼一來，難道是和朋繪那時候一樣，被某人的思春期症候群波及嗎？不過說來遺憾，咲太沒有和朋繪以外的女高中生互踢屁股。

老師就這麼丟著呆站在講桌前面的咲太不管，不斷講解期末考。

「總之，去確認看不見的程度吧。」

或許某處還有人看得見咲太。

咲太不在乎還在上課，打開教室的門到走廊上。英文老師沒有責備，班上同學也沒朝咲太投以奇異的視線。

咲太光明正大地打開隔壁教室……二年二班的門。他故意用力打開，但老師與學生都連看也沒看他一眼。

三班與四班也一樣。

理央有些無聊地聽著物理老師的解說，而佑真則是忍著呵欠與現代國文的睡魔奮戰。

走遍二年級各班，還是沒有任何人察覺咲太。

「告辭。」

咲太離開最後露臉的九班教室。他毫不猶豫地下樓前往一年四班的教室。

曾經互踢屁股的朋繪說不定……咲太懷著這種期待。

「打擾了。」

咲太姑且知會之後才開門。如果朋繪看得見咲太應該會嚇到，所以這是最低限度的顧慮。不過以結果來說，這份貼心是多餘的。

得到的反應和二年級教室一樣。

也就是沒有反應。

即使咲太進教室，數學老師拿粉筆的手也沒停過，教室裡三十六名一年級學生也沒因為咲太的登場而騷動。

朋繪也不例外，即使咲太看她考六十二分的答案卷，她也沒說「不要擅自看啦！」露出鬧彆扭的表情藏起考卷。真可惜。

「既然古賀不行，這就相當不妙了……」

即使像這樣說出口，也沒冒出真實感。

而且沒有受到焦躁感的驅使。感覺現在才嚇到也太晚了。

「總之，先做能做的事吧。」

離開朋繪班上的咲太經過校舍門口沒出去，而是走到學務室前面。以玻璃窗和走廊區隔的櫃檯坐著事務員阿姨，但即使咲太從她面前經過，她也沒有察覺的樣子。

明明像這樣在上課時間閒晃，應該會被問「怎麼了？」……

不過，咲太來這裡並不是要找事務員阿姨辦事，所以他不在意。

目標是櫃檯旁邊的公用電話。

咲太拿起話筒投入十圓硬幣，依序撥打十一位數的號碼。

已經記得滾瓜爛熟的麻衣手機號碼。

按完第十一個數字，話筒拿到耳際聆聽，但是不知為何沒聽到鈴聲。咲太一度放回話筒之後再度確認，同樣沒有鈴聲。

姑且打和香的手機號碼看看，但是結果一樣。

咲太回收十圓硬幣放回口袋。

「傷腦筋了……」

目前能用的方法都用了，但是事態沒改善也沒變化。沒得知任何事，也沒察覺任何事。

走到校外說不定有人看得見咲太，但現狀變得無法這麼樂觀看待。

現在麻衣正在山梨縣拍連續劇。在沒辦法打電話給麻衣的時間點，應該就無須確認。

「問題應該在於變成這樣的原因……」

知道原因就找得到解決之道。

反過來說，不知道就無從解決。

咲太現在再度思考心裡是否有底。

至少周圍的人到昨天為止都看得見咲太。和花楓一起去見母親，晚上麻衣也打電話來。

若是有分界線，就是昨天到今天這段時間。

這短暫的期間有發生什麼變化嗎？

「……」

如果只問有什麼變化，咲太內心有唯一的頭緒。

昨天有一個重大的變化。

相隔兩年和家人重逢。

比這更重要的事件，這輩子應該不會發生多少次。

但是無論如何都沒辦法和思春期症候群連結在一起。支離破碎的家庭即將再度團圓的重要契機，是在昨天踏出第一步。

這有什麼不對嗎？

反倒是以往包含咲太與花楓、母親與父親等一家人肩負的問題，經過這兩年終於朝著解決的方向前進。花楓努力至今，母親肯定也跨越了各種障礙。扶持她們的咲太與父親應該也在每天的

生活期盼將來全家人再度團聚……

這個願望，以小小的形式終於實現了。

怎麼想都無法認定這是思春期症候群的成因。

只不過，沒有其他事件是可能的成因，這也是事實。

如果去除情感要素，只看現狀來思考……昨天與今天的明顯變化果然集中在某一個點。

就是和母親重逢。

「……只能去一趟了嗎？」

即使留在學校，咲太也不認為狀況會好轉。在這裡沒有方法可行。

花楓應該還和母親在一起，所以也能確認她是否看得見咲太。

咲太回到二年一班教室，光明正大地經過還在講解考題的英文老師面前，拿回書包。

「我要早退。」

然後他姑且知會一聲才離開教室。

下樓走到鞋櫃區換穿鞋子。室內鞋收進櫃子關好之後，下腹部不太安分。

在緊張。

緊張的對象是……

「……」

咲太沒有出聲回答自己這個問題。並不是腦海沒浮現答案，反倒是這句話不知何時在咲太內心變得明確。

——要去見母親，所以很緊張。

在心中反芻這句話之後，身體大概有所自覺，感覺內心的動搖逐漸擴散到全身，經由血管在全身循環，使得咲太的身體稍微變得沉重。

視野好像變得比平常狹隘。

呼吸也有點困難。

咲太不去正視這份束縛自己的情感的真面目，踏出腳步。

3

從藤澤站搭乘的電車空得幾乎看不見站著的乘客。現在早已過了早上的通勤通學時間，是上午不上不下的時刻。

隱約有股悠閒的空氣在車內流動。

咲太搭的這節車廂只有他站著。並不是沒空位，能坐的位子輕易就找得到，大家最喜歡的靠邊座位也有空位。

即使如此，咲太也不想坐。

這是靜不下來的心情使然。

他靠在門邊站著，車外流動的景色映入雙眼。他想藉此盡量讓注意力朝外。

因為要是深深潛入自己內心，將會和盤據在下腹部的緊張感對峙，會察覺位於前方的「那傢伙」的真面目。

然而光是眺望窗外景色，不足以忘記自己正要去母親身邊的緊張。

證據就是咲太緊握口袋裡的鑰匙。昨天回來的時候，父親給他的員工住宅鑰匙，和藤澤公寓鑰匙一起繫在鑰匙圈以免弄丟……

電車抵達橫濱站，咲太下車來到月臺的時候自覺用力握著鑰匙。改拿ＩＣ卡的右手手心清楚留著鑰匙的印痕……不可能沒察覺。

咲太和昨天一樣，搭乘京濱東北線只坐一站，在東神奈川站轉搭橫濱線，然後坐十分鐘左右就抵達要下車的站。

車內比東海道線還空，但咲太這次也沒坐下。下半身被緊張感束縛，在心情上站著會比較輕鬆。

途中的車站也只有零星乘客上下車，電車維持平穩的氣氛停靠在小机站。

車門剛開，咲太就從縫隙鑽出去，比所有人都早下車。沿著階梯往下跑，同樣第一個抵達驗票閘口。

從南門出站，走到看見大馬路，然後沿路直走一陣子。

昨天走過的路。

昨天也頗為緊張走過的路。

不過，咲太覺得昨天的緊張還算好的了。

離家愈來愈近，咲太感覺呼吸變淺。

再怎麼吸氣好像還是缺氧。

但是不吐氣就不能吸氣，這份煩躁破壞呼吸的節奏與平衡。

咲太放慢走路的速度，試著勉強重振心情，但是雙腿的知覺也出問題不聽話。感覺不是自己的身體，甚至有種被某人操縱的錯覺。

看到當成路標的建築物，咲太右轉進入小巷。再走約五十公尺就會抵達父親租的員工住宅，已經看得見公寓的外牆了。

剩下四十公尺，三十公尺，二十公尺……也看見公寓入口了。

「……啊。」

就在這個時候，咲太輕聲驚叫停下腳步。

他看見人影走出公寓，而且是兩人，都是熟悉的身影。

一人是花楓。

另一人是母親。

花楓挽著母親對她說話。

快樂的表情，臉上洋溢笑容。

母親溫柔的臉龐也露出微笑。

大概是要去買東西，兩人走向大馬路的方向，走向咲太這裡。

隨著距離縮短，逐漸聽得到笑聲。

「原來可樂餅一開始要先煮馬鈴薯啊。」

「沒錯。煮透之後壓碎，加入炒過的絞肉跟洋蔥。」

兩人的交談聲也逐漸接近。

「好辛苦耶。」

「不過今天有妳幫忙，所以我很放心。」

「唔，嗯，我會努力。」

花楓與母親已經就在面前，距離不到三公尺。

咲太一直站在小巷中央不動，所以即使再怎麼專心交談，如果看得見，咲太應該早已進入兩人的視野範圍。如果看得見，應該會察覺咲太的存在，沒察覺才奇怪。

住宅區的巷子裡除了咲太、花楓與母親外，沒有任何人。因為花楓與母親很顯眼，咲太也很顯眼。

不過，熱烈討論可樂餅做法的母親與花楓直接經過咲太身旁，自然得簡直就像咲太不存在於那裡……就這麼直接經過。

咲太轉身注視兩人的背影。

一度想叫住兩人而開口。

「……」

不過空空的嘴說不出任何話語。咲太叫不出「花楓」或「媽媽」。

就只是站在巷子中央，目送母親與花楓的背影直到轉彎看不見。他只能目送她們。

恐懼感慢半拍湧上心頭。冰冷的情感從腹部中央慢慢伸長藤蔓，捆綁咲太的身體。

咲太像要掙脫般重新面向老舊的員工住宅，三步併兩步迅速往上衝，直到三樓。

跑到門牌寫著「梓川」的門前停下腳步。

就這麼上氣不接下氣，以昨天父親給的鑰匙進屋。擺動疲勞到遲鈍的雙腳脫下鞋子，脫掉的鞋子鞋底朝天也不在意。

昨天也造訪過的家。

一家四口共度過的客廳。

四人相隔兩年再度圍繞的餐桌。

原本覺得陌生的室內味道，今天也莫名感到懷念。

昨天度過溫馨家族時光的空間。

雖然只有短短一天，不過那一天的回憶就在這裡。

所以咲太依然不認為這裡出了什麼問題，不認為思春期症候群的成因在這裡。

然而他也還無法想像除此之外的可能性。

真要說的話，只有昨天那件事……和母親的重逢。

咲太感受著像是溜進陌生人家裡的內疚，拉開紙門進入客廳旁邊的房間。

殺風景的和室。

角落疊著兩組被褥。花楓與母親昨晚大概是在這裡一起睡吧。

此外只有聊勝於無般擺了一個有點復古的鏡台。

咲太在鏡台上發現一本筆記本。平常咲太會在學校使用的筆記本，俗稱的大學筆記本。

封面沒寫任何字，沒打開之前不知道裡面寫了什麼。

一打開就知道這是母親的札記。

筆記本從頭到尾以不熟悉的工整字體書寫。

第一篇的日期是兩年多前。後來日期沒有連續，長的話間隔一個月以上。

文章也長短不一，某些時候寫滿整頁，某些時候一兩行就寫完。後者反倒比較多。

花楓遭到霸凌，我卻沒能為她做任何事。

我或許沒資格當母親。

這是在第一頁看見的話語。

看見的瞬間，咲太胸口被用力揪緊。

母親實際的感受與想法，咲太不曾聽她說過。當時也因為思春期症候群襲擊花楓，所以狀況不方便詢問。

如今以文字的形式目睹，沉甸甸的重擔就壓到身上。

寫在札記裡的盡是沒能成為花楓助力的後悔。

筆記本的前半一直羅列這種負面情感。

我沒資格當母親。

不知道究竟是抱持何種心情寫下這些話語。

沒有上下文的簡短字句，沉重得像是連空氣都會噎住喉嚨。從腳邊伸長的某種東西試著將咲太拖進地面。就是如此陰沉混濁的心情。

我對花楓說：沒問題的。

明明出了許多問題，我卻只能這麼說。

我真是無能的母親。

每字每句都像是椿子插進身體。明明是內心的痛楚，卻連身體都覺得痛。

即使如此，咲太的視線也沒從筆記本移開，也沒停止閱讀。正確來說應該是停不下來。

原因之一在於愈是往後翻，書寫的內容就逐漸產生變化。

好想花楓。

想道歉。對不起。

下次我想好好當她的母親。

咲太想深入了解這份心情，大概是想藉此沖淡自己窺見母親漆黑混濁的內心的這份後悔吧。

至少他想以「太好了」這樣的情緒作結。

另一個原因是完全相反的情感。原因在於咲太自身蒙上陰影的情感。

大約是在看完一半左右感覺到的。

隨著看到後半，內心產生明確的疑惑……

母親的札記沒有「某個東西」。

完全遺漏了。

剛開始應該很小的疑惑隨著翻頁膨脹，直到三月十五日……也就是看到昨天寫的札記，疑惑轉變為確信。

花楓真的成為出色的女孩了。

成長為非常優秀的孩子。

好開心。

這次我一定要成為她的母親。

花楓說：我們一起加油吧。
想再一家三口一起過生活。
我想為此努力。

「……」
咲太說不出話。
也失去情感了。
因為母親寫的札記裡，從來沒有出現過那個名字。
沒出現「咲太」這個名字。
不知道是從什麼時候開始的。
只不過目睹這個事實，咲太也察覺一件事。
昨天的某件事。
如今咲太不認為是自己想太多。
無法想像這是偶然或湊巧。
因為被迫察覺，所以察覺了。因為被迫理解，所以理解了。
就是那個事實……

昨天，咲太不曾和母親視線相對。

連一次都沒有……

咲太的身影沒映入母親的雙眼。

母親沒看向咲太，對咲太微笑。

昨天看見的母親的笑容，都是對花楓和父親露出的笑容。

「……原來是這樣嗎？」

背脊竄過一股寒意。

內心頻頻顫抖，發寒到凍僵。

不是因為母親沒認知到他。

這沒什麼大不了的。

咲太恐懼的是……共處大半天卻沒察覺母親不曾叫他名字的昨天的自己……甚至沒察覺自己沒映入母親的眼簾，表現得像是家裡的一分子……咲太害怕這樣的自己。

不知道是從什麼時候開始的。

母親變得無法認知到咲太……

母親遺忘咲太的存在……

咲太絲毫不知道變成這種狀況，平穩地過著自己的生活……

抱持自己很幸福的想法活下去……

不，事到如今，時期一點都不重要。

回顧過去沒有意義。

重要的是現在。

是咲太現在對母親的想法。

對母親懷抱的情感。

這部分應該重要得多。

和香以前問過咲太。

——你對母親有什麼想法？

當時咲太是怎麼回答的？記得是回答：「我把她當成母親。」這句話沒有虛假。咲太將內心想法原封不動地告訴和香。

——應該有各種更進一步的想法吧？像是喜歡、討厭、火大，或是嫌煩。

咲太對此的回應是「那麼，以上皆是」。當時和香因為母親，面臨某些問題，所以咲太自認這麼回答帶點逞強的部分。

然而，不只如此。

能夠承認喜歡或討厭之類的各種情緒，是因為曾經認真懷抱這種情緒。因為曾經感受過這些情緒，經歷之後得以遺留在過去。

講好聽一點，咲太早就克服沒有母親的苦。不過應該不是這樣，只是順利割捨拋棄罷了。和楓搬到藤澤，光是兩人一起生活就沒有餘力，關於母親的病情，咲太認定不會因為自己的努力好轉，放棄思考這件事，下意識從內心切除，無自覺地割捨。

經過這兩年的生活，「沒有母親」已成為咲太的日常。完全習以為常，成為舒適的環境。所以他不知道事到如今該對母親露出什麼表情，該對母親說什麼話。至今依然不知道。因為不知道，所以變成這種結果。

母親也看不見他了，認知不到他了。這個世界貼心地為這樣的母親與咲太做出符合邏輯的設定，咲太的存在從眾人的認知中消除。

為了證明母親的認知沒錯，為了讓咲太和母親現在的關係成真……

生下咲太的是母親。

既然母親沒認知到他的存在，他或許等同於沒誕生在這個世界。

腹部傳來一陣刺痛，剛好在新傷痕的位置。好奇地掀起上衣一看，從側腹到肚臍依然清晰留著一道泛白的傷痕。

從這個狀況來看，咲太好像知道為什麼傷口在肚臍了。

那裡是出生之前和母親相連的部位。

試著觸摸就發現疼痛只是錯覺，反倒是毫無觸摸到的感覺。

在沒被黑暗想法吞沒之前，咲太靜靜闔上母親的札記，輕輕放回鏡台上的原位。

「這真的笑不出來啊……」

咲太嘴裡這麼說，卻還是露出平淡的笑容。

吐出一口不帶任何情感的長長氣息。連嘆息都稱不上的吐息，就只是吐出一口氣……心沒動。

就這麼佇立著，動彈不得。

在藤澤的生活，咲太自認過得還算順利。離開父母，離開以往居住的土地，在不認識任何人的地方從頭開始。或許不是一百分滿分，但咲太自己認為足以給個及格分數。表現得很好。

咲太對此深信不疑。

不過，這種滿足的背後犧牲了某些東西。這個及格分數是犧牲母親的存在而成立的。

「……可是這也沒辦法吧？」

因為只能這麼做。

情感捲起漆黑的漩渦。一圈圈捲動，使得咲太不知所措，停下腳步。

咲太對至今的自己沒有後悔。明明盡力而為地走到現在……即使曾經痛苦，曾經懊悔，曾經因為無能為力而流淚，卻還是接受並克服這一切，造就現在的自己。咲太如此自負。

如今能將小小的幸福視為幸福，也變得想要抵達名為溫柔的終點。得知重要的道理，有了重要的人。

即使突然被迫面對問題，被點出這麼做或許是錯的，咲太也不可能輕易接受。

想認為自己沒錯，沒任何地方做錯。然而抱持這種想法的自己好像有種嚴重的缺陷，不舒服的感覺湧上心頭。

因為若是肯定現在的自己，就等於認同了切割母親的自己……

「……」

心情沒能好好整理，無法只承認其中一方。所以咲太找不到該走的方向，雙腳依然釘在和室的榻榻米上。

此時，玄關方向傳來像是堅硬物體喀咚一聲倒下的聲音。

「我們回來了。」

緊接著大門開啟，花楓進入屋內，傳來塑膠袋摩擦的沙沙聲。

咲太走出和室來到客廳，看見花楓與母親將看似沉重的超市購物袋放在餐桌上。

「很重吧。花楓，還好嗎？」

「我沒事啦～」

「花楓力氣真大。」

「這種程度普通而已啦。」

超市購物袋裡的是馬鈴薯、絞肉、洋蔥，再來是麵包粉、麵粉、蛋、炸豬排沾的醬汁……還有萵苣與番茄。花楓鼓足幹勁按照母親的指示將必須冷藏的食材放進冰箱。

「那麼，開始吧。」

暫且收拾完畢時，母親對花楓說。

「嗯！」

花楓充滿活力地回應之後，母親讓她穿上圍裙。花楓說「我可以自己綁啦」，卻還是乖乖讓母親為她打好背後的結。

接著開始下廚。

從擺在廚房的食材推測，應該是要做可樂餅。

首先將馬鈴薯洗淨削皮。花楓用削皮刀，母親以菜刀俐落地削一整顆。

「媽媽好厲害。」

花楓把自己用削皮刀削的馬鈴薯放在母親用菜刀削的馬鈴薯旁邊做比較。花楓削的馬鈴薯比較凹凸不平，真神奇。

「只要練習，妳也很快就學得會喔。」

被稱讚的母親愉快地微笑。

削皮的馬鈴薯切成合適的大小以便煮透，放進裝滿水的調理盆。

「為什麼要泡水？」

「這樣會比較好吃。」

「是喔～～」

馬鈴薯泡水的時候，兩人一起切洋蔥，和絞肉一起下鍋快炒。

起鍋之後，將馬鈴薯煮到鬆軟。花楓拿著大湯匙，開心地喊著「好燙，好燙」將煮好的馬鈴薯壓成泥。

加入炒過的洋蔥與絞肉混合，可樂餅的餡料完成了。再來只要一個個捏成漂亮的扁圓形，裹上麵衣油炸就好。

捏可樂餅餡料的時候，母親與花楓的對話也沒有斷過。第一次做可樂餅的花楓陷入苦戰，母親面帶微笑幫她。無論誰從哪個角度看，都是一對感情融洽的母女。

咲太一直在客廳看著這幅光景。雖然旁觀至今，但母親與花楓都沒察覺他的存在。

電子鍋設定煮飯，準備好沙拉……即使晚餐的前置工作全部完成，兩人也沒察覺。

花楓幫忙將晾在陽台的衣物收進來時也是，兩人收看傍晚的新聞等父親回家的時候也是，母親與花楓都沒認知到咲太的存在，也沒聊到咲太。

晚上六點多，外出工作的父親也回家了。一家三口圍坐在餐桌旁，享用花楓也參與製作的可樂餅。

「真好吃。」

「嗯，好吃。」

「因為花楓很努力啊。」

三人聊得頗為熱絡。雖然沒有高興或快樂到笑出聲音，但父親、母親與花楓都對這一瞬間感到滿足，露出幸福的笑容。

像是會出現在冰箱廣告的理想家庭樣貌。希望這樣的日子能夠到來——這是咲太應該也曾盼望過的光景。

只有一個部分和理想不同。

咲太不在這幅光景裡。只有這一點不同。

「……」

咲太不發一語地離開客廳。說不出任何話。

在玄關穿上鞋子。

靜靜開門，沒被家人察覺就離開家。

即使客廳隱約傳來笑聲，咲太依然關上家門，沒回到家裡。

從口袋取出鑰匙插入鑰匙孔。

咲太只在瞬間躊躇，然後以關閉內心某種東西的心態上鎖。

響起金屬的清脆聲響。

4

沐浴在朦朧月光下的陰暗海面捲起白色浪花，發出沉重呻吟的海浪試著將接近過來的東西拖進海裡。夜晚的海就是這麼令人發毛。

和今天早上朝陽照得閃閃發亮的七里濱大海成為強烈對比，實在不像是同一個地方。

離開父親的員工住宅之後是怎麼來到這裡的？咲太幾乎不記得了。即使不記得，歸巢本能這兩年來深植於咲太體內，使他得以回到這座城市。

這裡是咲太的歸宿。應該回來的城市或是想回來的家都已經是這裡了。

「或許就是因為這樣，媽媽才會忘記我吧。」

咲太露出自嘲的笑。

至今生活的每一天，他不去思考母親的事。

試著忘記，試著變得幸福。

結果就是現在這樣。

父親、母親與花楓，家庭只以這三人成立。

咲太目睹這一幕，然後逃回來了。

響起一陣特別大的浪濤聲。海浪打到咲太腳尖不遠處，但是咲太不慌張，也沒有後退一步確保安全。現在他的心不會動不動就受到這種小事影響。

內心和夜晚海面的顏色一樣，染成又深又濃的群青色。

別的顏色想混入也無法混入，只會被逐漸吞噬。

在平常，夜晚的大海帶著些許感傷，甚至給人可怕的印象。咲太也這麼覺得。然而只有現在不一樣。

看著夜晚的大海，心情就會平靜。會誤以為自己正逐漸融入無限延伸的深沉顏色，這樣很舒服。

感覺涼意籠罩身體。

有種被緊抱的感覺。

委身於這種感覺，思緒就逐漸無法運作。

自己和大海的界線模糊相融，感覺自己成為大海的一部分。

咲太就像這樣將自己的心情寄託在遼闊的大海。釋放內心捲動的汙濁情感，由大海承受。
不久，汙濁沉重如泥水的心得到淨化，咲太腦中只留下一個東西。
只有他所重視的某人的笑容。
不，實際上不太算是笑，是露出有點鬧彆扭的表情在生氣，或許是在責備怎麼沒有趕快來見她。
「好想麻衣小姐啊。」
咲太坦率地說出現在的心情。
此時，身後突然傳來聲音。
「叔叔，你迷路了嗎？」
「……？」
咲太感到詫異而轉身。
在那裡的是揹著紅書包的女孩。
酷似麻衣的小女孩。
三月一日也見過的小女孩。
「並沒有迷路喔。」
「為什麼？」

「不對，這時候不應該反問吧？」

「……？」

即使如此，小女孩依然歪頭反問。

「話說，迷路的是妳吧？」

「為什麼？」

「小學生不應該在這個時間一個人閒晃。」

「叔叔你也在，所以是兩個人喔。」

聽到這種不可愛的歪理，明明不太好笑，咲太還是忍不住笑了。他察覺今天第一次和別人成功對話，不禁安下心來。不過現在這也是不可思議的狀況，所以正確來說，咲太只能笑。

「妳看得見我吧。」

「叔叔，別人看不見你嗎？」

「好像是。」

「果然迷路了。」

即使再度被說迷路，咲太這次也沒否定。或許這種狀況確實可以說自己迷路了。失去該前往的目的地，也不清楚該回去的場所。

「或許在人生當中迷路了。」

「那我陪你一起回去吧。」

咲太搞不懂這兩句話的因果關係。咲太還沒問，小女孩就牽起咲太的手，小小的手緊握咲太的手。

從她的手心感受到溫暖。人的溫暖。有體溫，而且軟軟的。小小的手傳來活著的真實感。

此時，咲太感覺海風比剛才更強，潮水味也更明顯。

「走吧。」

小女孩無視於咲太的思考，拉著他走。咲太沒抵抗就踏出第一步。配合小女孩的腳步，在沙灘上踏出第二、第三步……

從沙灘走上階梯，來到上方的國道旁。走過行人穿越道的兩人，抵達距離海邊沒多遠的七里濱站。

等一段時間之後，和小女孩一起搭上駛來的電車。晚上十點多的電車裡很空，咲太就這麼被小女孩牽著，並肩坐在長長的座位上。

手一直握著。

直到現在其他乘客好像也看不見咲太，即使和小女孩在一起，也沒被投以異樣的目光。

電車緩慢沿著夜晚的海邊行駛。這股振動莫名舒服，眼皮愈來愈重。

一大早就去學校，後來也去了母親與花楓那裡，然後回到住慣的城市。今天再兩個小時就要

結束，會累也是當然的。

反正咲太要在終點藤澤站下車。

不必擔心睡過頭。

想到這裡，意識就一口氣沉入夢鄉。

到站之後，回程途中去一趟便利商店買晚餐回去吧。也要買小女孩的份……

然後，明天就去見面吧。

在朦朧的意識中，咲太打定主意要去見麻衣。

他的思緒至此完全中斷。

然而，載著咲太的電車沒抵達終點藤澤站。

至少咲太沒抵達。

咲太醒來的時候不在電車上。

而是在溫暖的床上。

Character
Profile
人氣女演員
兔女郎學姊
櫻島麻衣
家喻戶曉的人氣女演員，
峰原高中的三年級學生，
和咲太是情侶關係。

第二章

夢到幸福

1

「……哥。」

傳來某人的聲音。

「……哥哥。」

應該是在叫咲太。

「哥哥，天亮了。」

咲太對這個有點撒嬌的聲音有印象。是妹妹的聲音。

察覺這一點之後，咲太的意識瞬間清醒，反射性地坐起上半身。

「呀啊！」

咲太突然起身，花楓便嚇一跳跌坐在地。

「拜託起床的時候慢一點啦～～」

花楓說著「好痛……」揉揉摔到地上的屁股站起來。像儲存葵花籽的松鼠般鼓起來的臉頰彷彿塞滿了對咲太的不滿。「唔～～」她依然不滿地看著咲太。

「……」

咲太就這麼坐在床上目不轉睛地注視這樣的花楓。

「怎……怎麼了……哥哥？」

花楓受不了這道無言的視線，便如此問道。

「……妳是花楓吧？」

從哪個角度怎麼看都是花楓，但咲太不得不這麼問。

「是啊……」

花楓不可能懂咲太這麼問的意圖，一副為難的樣子歪過腦袋，疑惑又有點擔心地看著咲太。

「妳看得見我？」

「哥哥，你在說什麼？」

花楓眉頭深鎖，感覺愈來愈搞不清楚狀況，此時有個聲音介入。

「花楓～～哥哥起床了嗎？」

從房外傳來的是熟悉的聲音。咲太的大腦不用太久就認出那是母親的聲音。然而認出來之後更是搞不懂發生了什麼事。

「這是怎樣……」

咲太將現在的想法直接說出口。

說真的，這是怎樣？

「花楓～～」

房外再度傳來母親的聲音。

「哥哥起床了，不過好像一整個恍神～～」

花楓一邊回答一邊踩響拖鞋離開房間。明明還有問題想問……

總之咲太先下床，然後環視房內。

這裡不是咲太的房間，卻是咲太的房間。不是藤澤的公寓臥室，很像是直到國中畢業前住的橫濱的公寓臥室。應該說只可能是這樣。

每次翻身就會嘎吱作響的木床；幾乎和床同色的書桌；曬到有點變色的深藍色窗簾；有點硬的灰色地毯。

床單與枕套已經換新，但其他東西都和咲太記得的一樣。家具的配置也一樣……維持當時的樣貌。

原本應該是令人懷念的光景。

不過咲太絲毫無法沉浸在這種心情當中。

「現在這是怎樣？」

對現狀的疑問將其他所有情感塗抹覆蓋。

怎麼想都很奇怪。

咲太在這個房間清醒之前是在搭乘江之電。他清楚記得是在七里濱站和酷似麻衣的小女孩一起搭車。

咲太沒被任何人認知……連母親都忘記他的存在。咲太沒察覺這件事，面不改色地過著每一天，這樣的自己令他深受打擊……

心情也盪到谷底……

但對這個莫名狀況的驚嚇略勝一籌，使得咲太的心忘記冷靜。

說真的，現在這是怎樣？

難道是在作夢？

如果是這樣就簡單多了，不過老實說，很難認定這是夢。身體的知覺告知這是現實。肌膚感受到的房間空氣與味道，一切都是真的，即使想認定這是夢也做不到。那麼這是什麼狀況？

到最後，思緒又回到這個原點。

咲太無法從最初的疑問踏出半步。

「哥哥，快點啦！」

此時，花楓回到房門口。

「要吃早餐了。」

她一進房就抓住咲太的手用力拉。這股觸感也過於真實，希望這是夢的想法逐漸遠離。

咲太就這麼不明就裡地和花楓一起走出房間。花楓帶他來到擺滿早餐的長方形餐桌。吐司、荷包蛋與沙拉，接著母親端了微波加熱的可樂餅過來。大概是昨晚剩下的。

父親已經就座，花楓坐在他的正對面。咲太坐在花楓旁邊，最後母親坐在咲太對面。

一家人坐的位置也和那時候一樣。四人既定的餐桌座位。桌椅的款式也和記憶中一樣，臀部與背部記得椅子坐起來的感覺。

「我要開動了。」

母親說著雙手合掌。

「我要開動了。」

接著，花楓與父親異口同聲。

「我要開動了。」

咲太也跟著輕聲說。

「媽，我想做成可樂餅麵包。」

花楓說完，母親拿沒烤的吐司過來，夾了一整個可樂餅遞給花楓。花楓張大嘴咬下。

父親一邊拿平板看新聞，一邊慢慢品嚐熱騰騰的咖啡。

「孩子的爸，現在在吃飯喔。」

母親責備說不要看平板，父親乖乖地關掉。

「爸爸被罵了。」

聽到花楓的指摘，父親一臉「真傷腦筋」的表情笑了。看起來並沒有不高興，感覺得到他在享受這一連串的氣氛。

「……」

一家人會有的這種互動，咲太抱持作夢般的心情觀看。

不過，這絕對不是夢。

他的知覺是這麼說的。

咲太自覺這是現實世界發生的事。

飄來的咖啡香是如此，奶油在吐司上逐漸融化的感覺也是鐵一般的現實。如果這不是現實，什麼才是現實？

「咲太，怎麼了？」

咲太沒吃吐司只是盯著看，所以母親這麼問。

「……咦？」

被叫到的咲太揚起視線，和坐在正對面的母親四目相對。她喝著加入許多牛奶的咖啡輕聲說「好喝」，雙眼映著咲太的身影，以自己的意志看著咲太。母親看著咲太。

「身體不舒服嗎？」

「……不，我很正常。」

咲太稍微往下看，像是要逃避母親的視線。

「哥哥該不會還在恍神吧？」

花楓這麼說。

「再不快吃完出門會遲到的。」

母親接在花楓後面說。

「……遲到？才剛過七點吧？」

看向時鐘，上面顯示七點十分。

「真是的，果然在恍神。」

母親說完稍微笑了。

「過半沒出門會遲到吧？」

從對話過程判斷，「半」應該是指七點半。

「噢，嗯……」

總之咲太先隨口附和。

如果這裡真的是之前住的公寓，那麼現在位置是橫濱市內離海很遠的內陸。既然說到會遲到，指的應該是高中吧……不過咲太究竟是就讀哪一所高中？

「因為哥哥的高中很遠啊。」

「是嗎……？」

「峰原高中很遠喔～～」

聽到花楓說出這個校名，咲太稍微鬆了口氣。他不清楚自己身處的狀況。因為在不明的狀況下得知自己就讀的高中，所以鬆了口氣，而且幸好是峰原高中。

「到了四月，花楓也會去念，所以你要加油喔。」

父親這麼說。去念峰原高中。某人……花楓會去念。

看來在這裡是這樣的設定。

「果然報考附近的高中比較好嗎……」

還沒開始就讀，花楓的聲音就因為遠距離通學而疲累了。

咲太沒有餘力理會。各方面都出了某些差錯，但是也有某些事沒出差錯，例如咲太是峰原高中學生這件事……

雖然近似咲太認識的環境，但是差異點太多了。母親身體很好，而且看得見咲太，還住在一起……花楓也是如此。

一家四口齊聚。大家一起說「我要開動了」，圍坐在早晨的餐桌。

咲太失去的事物存在於這裡。

即使知道這一點，卻不知道為什麼變成這樣。不清楚這是什麼狀況。

「咲太，你真的沒事嗎？」

咲太再度停下動作，母親擔心地觀察他的臉。

「……就說沒事了。」

咲太將吐司送進口中，用牛奶一口氣灌進肚子，兩口就吃掉荷包蛋。

「我吃飽了。」

他說完先離席。

回到房間打開衣櫃，熟悉的峰原高中制服掛在衣架上。

咲太脫掉當睡衣穿的運動服。此時腹部的傷痕難免映入眼簾。側腹直到肚臍的泛白傷痕，現在也留在咲太身上。記憶是連貫的。

「換句話說，還在繼續嗎……」

咲太覺得很諷刺。因為在這個莫名其妙的狀況中，這道莫名其妙的傷痕賦予咲太真實感。

穿上制服長褲，扣好襯衫鈕釦，穿上制服外套，姑且確認書包內容物之後走出房間。

「我出門了。」

咲太對還在吃飯的父親、花楓與母親打聲招呼之後走向玄關。

「啊，咲太，便當。」
母親匆匆忙忙追過來。
咲太穿好鞋子之後，接過母親遞出的便當袋。
「謝謝。」
這句話極為自然地從咲太口中說出，母親隨即詫異地看向咲太。
「怎麼了？」
「想說難得聽到你道謝。」
「是嗎？」
有哪裡出問題了嗎？如此心想的咲太稍微移開視線。母親大概是當作他在掩飾害羞，一副笑咪咪的樣子。
「那麼，我出門了。」
「路上小心喔。」
「啊，哥哥慢走。」
花楓抱著那須野來到玄關，背對著的咲太聽著她說的話離開家，被囚禁在奇怪的感覺中走下階梯。
來到戶外之後，咲太轉身看向公寓。看得見蓋到五樓的水泥外牆，陽台均等排列的方形建築

物，熟悉的構造。

映入眼簾的無疑是咲太住到國三的公寓，周圍是清靜的住宅區。

開發至今過了很久，腳下的柏油路面已經褪色。即使如此，行道樹山毛櫸還是成長茁壯，雄偉地排列著。

公寓專用停車場，附遮雨棚的腳踏車停車場。某些腳踏車使用已久，也有像是已經沒人騎的生銹的腳踏車被棄置。

這一切都和咲太的記憶一致。

「接二連三，搞不懂是什麼狀況。」

進入三月之後，各方面都不對勁。

遇見酷似麻衣的小女孩，腹部刻上白色傷痕……沒能被周圍認知之後又出現這種狀況。

自己也太受思春期症候群的喜愛了吧？

「拜託饒了我吧。」

難免想抱怨幾句。

「要拜託誰饒了你啊？」

突然被搭話，咲太的肩膀反射性地抖了一下。感覺動靜位於斜後方，轉身一看是熟人。

花楓的同學——鹿野琴美。

下半身穿運動褲，上半身是寬鬆長袖T恤的輕便服裝。咲太不經意地觀察她這身打扮。

「我只是來丟垃圾……以為不會見到大哥。我並不是平常都穿這樣外出，請別誤會。」

琴美有些臉紅地解釋。

「幫忙做家事啊，鹿野小妹真了不起。」

「大哥，你以為我還是小學生嗎？」

琴美深感遺憾般將嘴巴抿成一直線，向咲太宣洩不滿。

「對不起，說得也是。」

「好吧，算了。」

她的表情看起來還有點賭氣。看樣子不太好。

「啊，對了，鹿野小妹。」

「什麼事？」

咲太想要改變氣氛般開口，琴美隨即變回符合她個性的正經表情。

「關於花楓……」

「楓兒？」

「關於霸凌之類的……」

由於不知道明確的狀況，咲太決定先以含糊的話來觀察反應。

「在那之後就完全沒那樣了喔，直到畢業都沒有。」

琴美露出甜美的微笑。

「真的？」

「真的。這不是多虧大哥嗎？」

「是嗎？」

大概是咲太當時做了某些事吧。

「大哥占據廣播室那時候有點帥。」

「啊～～那個啊。」

咲太真的幹了某些大事吧。「占據」聽起來就不是什麼好事。

「楓兒時常這麼說喔，『哥哥是我的哥哥真的太好了』。」

「她應該有要妳不要告訴我吧？」

「所以請絕對不要對楓兒說我有告訴大哥喔。」

琴美刻意瞪了過來，接著輕聲一笑，給了這個可愛的叮嚀。看來正經的琴美意外地有淘氣的一面。

「啊，時間不要緊嗎？再不快走會遲到吧？我告辭了。」

為避免繼續交談下去，琴美小跑步進入公寓。

妹妹的朋友這麼體貼，自己可不能遲到。雖然一大堆事情搞不清楚，但咲太還是朝車站踏出腳步。要想事情的話可以邊走邊想。

咲太從離家最近的車站搭乘早晨的擁擠電車，抵達藤澤站的時候是早上八點出頭。走出小田急江之島線的驗票閘口，熟悉的車站風景莫名令他感到安心。雖然是早上離家之後抵達的場所，咲太的身體卻沉浸在「我回來了」的感覺。

然而這裡不是終點。若要前往峰原高中，接下來還得轉搭江之電。

咲太走階梯到車站二樓。

「啊，咲太。」

此時某人叫他。

剛好從面前經過的人，是和咲太年紀相仿的金髮女生。是和香。

「……嗨。」

咲太不知道自己跟和香建立了何種關係，反應自然變得遲鈍。

「你為什麼驚嚇成這樣？」

察覺這一點的和香將不悅寫在臉上。

「想說會被妳削一波。」

「不會削啦！」

「但妳看起來明明很像啊。」

「話說，『削一波』這說法過氣了啦。」

這部分咲太就不知道了。確實，咲太還沒看過有人在暗巷被要求「跳兩下」，這或許已經是都市傳說之類的。

「豐濱，妳不用上學？」

咲太詢問從剛才就在意的事。和香穿的是便服。

「今天要拍封面照所以請假……等等，啊，糟糕，電車要來了。再見！」

說到一半，和香單方面告知之後跑走。

「啊，等一下！」

咲太想叫住和香，但她頭也不回就消失在ＪＲ的驗票閘口後方。

「想問她一些事……」

總之從剛才的互動就知道自己認識和香。

不過，沒能確認最重要的事。

麻衣的事。

既然認識和香，咲太和麻衣應該有交集吧。不過重點在於是否正在交往。

總之這很重要。

雖然這麼說，但既然和香走了，留在這裡也沒意義。而且咲太想起自己同樣可能趕不上電車，加快腳步前往江之電月臺。

咲太穿過江之電藤澤站的驗票閘口一看，電車停靠在月臺。發車的鈴聲響了，所以他連忙進入最後一節車廂。要是錯過這班電車就確定會遲到。

電車關上車門起步。緩慢，悠哉地起步。身體早已習慣的電車晃動以及耳朵早已習慣的行駛聲感覺好舒服。

江之電的車上有著咲太的日常。

今天早上從醒來開始就是一連串的反常。咲太還住在橫濱市，和父母一起住，花楓也是。

從琴美那番話猜測，直到花楓遭到霸凌都和咲太的記憶一致，在那之後產生差異。

看來在這個地方，咲太的家庭沒有因為霸凌而破碎。好像是咲太想辦法解決了，以占據廣播室之類的方法……

所以母親沒有失去教養小孩的自信，也沒有罹患嚴重的心病住院。

這裡是這樣的世界……應該是這麼回事吧。

「……不會吧。」

即使否定自己的想法，腦海也沒浮現除此之外的像樣解釋。既然這樣就只能接受。不過事情沒有簡單到可以說句「好，我知道了」就接受。

所以在抵達高中所在的七里濱站之前，咲太一直在思考。雖然思考了，卻想不到其他像樣的想法。

電車一到站，身穿相同制服的學生魚貫下車到月臺。咲太也是其中一人。

走向驗票閘口的途中，某個熟面孔也從前一節車廂下車。一頭輕柔短髮的嬌小女學生。是古賀朋繪。

對方也發現咲太，露出「啊」的表情一度別過頭去，但還是走到咲太身旁。

「早安，學長。」

「早啊。」

看來也確實和朋繪成為朋友來往。

「……」

「……」

「等等，就這樣？」

咲太默默觀察朋繪時，朋繪不滿般這麼說。

「我要說『今天古賀也好可愛喔～～』比較好嗎？」

「我……我不是這個意思！」

朋繪像要拉長身高般探出上半身，以全身表達抗議。

「不然是什麼意思？」

「學長不像平常那樣多講幾句，該不會是身體不舒服吧～～我是這樣好心擔心你喔。」

搞不懂這是什麼樣的擔心方式，內心莫名有點複雜。話雖如此，既然被她關心就得道謝。

「謝謝您的關心。」

咲太以制式語氣表達謝意。

「完全沒有誠意嘛！」

咲太本來就沒誠意，這也在所難免。不過內心真的懷抱謝意，希望她放過自己一馬。

「話說，已經有女朋友了，不可以說別的女生『可愛』喔。而且櫻島學姊絕對比較可愛，所以你一定是在說謊吧？」

在這之後，朋繪也繼續發牢騷表達對咲太的不滿。她以咲太聽得到的音量嘀咕。

「哎～～因為是我的麻衣小姐啊～～」

看來自己確實正在和麻衣交往。咲太對此打從心底鬆了口氣。

不過這麼一來，咲太還是開始覺得太完美了。這一切不會太如意嗎？

咲太一邊思考這種事，一邊和朋繪出站。

「啊，是奈奈。」

朋繪看著約十公尺的前方。咲太抬頭一看，發現朋繪的朋友——米山奈奈的背影。

「學長，傍晚見喔。」

「傍晚？」

今天和她有約嗎？

「打工。學長也有排班吧？」

「啊～～說得也是。」

咲太裝蒜回應。

「四點開始喔。要是忘記，店長會生氣的。」

朋繪輕輕揮手之後，小跑步去追奈奈，追上之後說聲「早安」，奈奈也以笑容回應。聊幾句之後開心地笑，朋繪如此，奈奈也是如此……

和平又安穩的早晨通學路。

所有人都正常過生活，見到朋友就相互打招呼或捉弄，男生尤其愛做蠢事。

只有咲太不經意地觀察周圍的這副模樣。大家都在日常之中過著日常生活，這種一如往常的早晨景色在穿過校門之後依然持續著。

沒人對這個世界抱持疑問，而且看來也清楚認知咲太的存在。

咲太從鞋櫃拿出室內鞋。

「咲太，早啊。」

此時，一個爽朗的聲音叫他。

抬頭一看，面前的人果然是國見佑真。他只穿運動短褲加一件T恤的輕便服裝。

「早安。今天也要晨練？」

「明天後天也都要晨練。」

「這種事不應該掛著笑容說吧？」

而且是爽朗的笑容。

咲太換穿室內鞋，和佑真並肩踏出腳步。

「咲太，你今天要打工？」

「要打工。」

「幾點開始？」

「說是四點。」

「為什麼講得好像是某人告訴你的？」

「剛才古賀告訴我的。」

「你和古賀學妹交情真好啊～～」

兩人聊著好像有內容又好像沒內容的對話上樓。二年級的教室在校舍二樓。

在樓梯平台轉彎時……

「梓川同學。」

有人在後方叫他的名字。

誰在叫我？如此心想的咲太轉身。光聽聲音聽不出是誰。

「……那個～～」

咲太不知道該做何反應，因為階梯下方是不認識的女學生。

身高約一六〇公分，烏溜溜的黑髮，肯定沒染過吧，頭髮在及肩的長度修齊，裙子比其他女學生長，應該說這才是原本的長度。制服穿得一絲不苟，像是會刊登在學校簡介的符合標準的完美模樣，全身洋溢著正經八百的氣息。這樣的她透過細框眼鏡仰望咲太。

「你今天是值日生吧？」

她緩緩走上階梯，來到咲太面前。

「這個。」

說完，她遞出班級日誌。

在這個狀況也不能拒絕，所以咲太乖乖收下。

「謝謝。」

姑且也道個謝。

接著，她露骨地移開視線。

「快打鐘了。」

她迅速說完，小跑步上樓離開，很快就消失在走廊的另一頭。

「……我說國見。」

「嗯？」

「剛才那是誰？」

「啊？是你班上的赤城吧？記得叫作赤城……郁實？」

「是嗎？」

「喂喂喂，你說這什麼話，還好嗎？你們國中也同校，這是你告訴我的吧？」

「啊～～說得也是。」

即使對佑真這番話略感驚訝，咲太也沒有寫在臉上，裝傻帶過。

「咲太，你真的沒事嗎？」

「我平常都是這種感覺吧？」

在佑真追問哪裡不對勁之前，咲太朝教室踏出腳步，腦中思考著剛才那個女學生——赤城郁實的事。

咲太所知的峰原高中應該沒這個人。

咲太之所以報考峰原高中，是基於隱情不想就讀自家附近的公立高中。以花楓遭到霸凌為契機，各種事物逐漸損毀，咲太也失去所有的人際關係。

所以他選擇就讀遠方的學校——應該沒有任何國中同學的峰原高中。

即使如此，在這個莫名其妙的世界裡，卻有國中同學就讀這裡，而且好像同班。

赤城郁實。

咲太再度在腦中複誦這個名字。

記得國中同學之中確實有這個人。

是只在三年級同班過的女學生，記得當班長的就是她。不對，是風紀委員吧？總之就是這種感覺。

她不是會和男生打交道的類型，給人的感覺反倒是對異性有點神經質。咲太不經意想起這段記憶。她在班上當然不顯眼，卻因為不顯眼而顯眼……就是這樣的女學生。

「我說咲太。」

走在走廊上時，佑真一臉嚴肅地搭話。

「赤城她……」

他難以啟齒般只說一半。

「怎麼了？」

「沒事，沒察覺就算了。」

「啊？」

此時早晨的預備鐘聲響起。

「啊，打鐘了。先走啦。」

佑真朝自己的教室方向跑去。「畢竟有『蝴蝶效應』這種東西啊。」咲太在目送他離開的同時自言自語。

既然咲太的家人住在一起，國中時代的同學就讀峰原高中也不奇怪……或許吧。

2

二年一班的成員基本上一樣。

咲太熟悉的教室。

唯一的差異是赤城郁實也在這一班。

咲太在教室裡的立場也沒變化。佑真的女友上里沙希莫名討厭他，其他同學們也明確和他保持距離。

在教室度過半天之後，咲太也大致能掌握原因了。

原因是國中時代在校內發生的「送醫事件」。真相是今天早上聽琴美說的「占據廣播室事件」。好像是以訛傳訛變成他把教師打到送醫，這件事在全校學生間廣為流傳……大概是這樣。

多虧如此，班上沒人特地來找咲太說話，咲太就這麼孤零零的。不過以現在的狀況，配合對方的話題也很辛苦，所以老實說，沒人搭話正合咲太的意……

只不過即使能迴避這種小問題，也完全沒解決最根本的問題。光是來學校不可能知道現在是什麼狀況，而且也幾乎找不到線索。

光靠自己終究無能為力，所以咲太在第四堂課結束之後造訪物理實驗室。

既然順利和朋繪與佑真相處融洽，應該也和理央建立了健全的友誼。

謝天謝地，這個預測是正確的。

咲太隔著實驗桌坐在理央的正對面，從書包取出母親今天早上給的便當盒，然後一五一十地向理央說出自己身處的狀況。

有一個酷似麻衣的小女孩。

腹部出現神祕的傷痕。

咲太至今活在近似這裡卻稍微不同的世界。

在那個世界，久違地去見分居兩地的母親。

隔天，咲太變得無法被周圍認知。

接著，他再度見到酷似麻衣的小女孩……回過神來，自己在不一樣的世界清醒……

總之全說了。

也說自己搞不懂狀況，希望理央協助。

這麼做都是為了聽理央對這個狀況的見解，為了脫離這裡。

理央吃完即食冬粉，喝一口餐後的咖啡。

「總之，去一趟醫院吧？」

她一臉正經地說。

「我全身上下都沒問題喔。」

「從你剛才說的進行綜合判斷，你腦袋某處出問題了。」

「我是說真的啦。」

咲太認真對理央說，並吃下留到最後的炸雞塊。醬油為主的調味恰到好處，好吃。

「假設這番話都是真的……那就應該如你所說吧？」

「意思是？」

「你之前位於『A』那個可能性的世界，現在來到『B』這個可能性的世界。」

理央將兩個燒杯放在實驗桌上——以黑色奇異筆分別寫著「A」與「B」的燒杯。剛開始放在「A」燒杯的玻璃攪拌棒，理央移動到「B」燒杯。應該是把兩個燒杯當成不同世界，攪拌棒則是咲太吧。

「來諮詢的我講這種話不太對，不過我才想問妳沒問題吧。」

雙葉說的內容一點都稱不上正經。

「這是我相信你那番胡言亂語所進行的考察，所以我很正常。」

她暗諷咲太不正常。

「即使不是這樣，量子力學也有一種解釋。包含過去與未來，所有可能性的世界總是存在於我們的身旁。」

「可是一般來說無法認知吧？」

咲太之前聽另一個世界的理央說過。

「因為重疊存在所以無法認知。即使能夠認知，人類的常識也能下意識否定，正常來說是這樣運作的。正常來說。」

理央基於某個明確的意圖看向咲太。

咲太不認為自己特別或異常，只是因為遇見翔子，有機會親身得知，親身經驗。

存在著咲太喪命的世界，也存在著麻衣出車禍的世界。咲太只是知道存在著這種可能性的世界罷了……

這麼想就覺得這個地方或許是翔子看見的未來之一。因為翔子看過而確定存在的世界，咲太只不過是正在造訪這個世界。咲太內心比較接受這種說法，因為他實在不認為只因自己的方便就能創造一個世界。

「不過，這種『可能性的世界』真的同時存在好幾種嗎？」

若說這是咲太作的夢，感覺還是比較能接受。咲太好歹擁有這種常識。

「對於能認知的你來說是如此，對無法認知的我來說就不存在。這樣解釋應該是對的吧。」

理央的回答很明確，始終如一。也就是依照量子力學的理論。

「原來如此，所以妳認為我要怎麼樣才能回到原本的世界？」

咲太從「Ｂ」的燒杯抽出玻璃攪拌棒移動到「Ａ」。

「這應該是看梓川你自己吧？」

「……」

「你也早就知道了吧？」

「哎……」

咲太並不是沒有自覺。聽過理央的說明，如果將此視為自己引發的思春期症候群，那麼咲太可以明確推測原因。

是因為母親。

「雙葉，妳對自己的母親有什麼想法？」

「……？」

大概是沒料到咲太會這麼問，理央有點吃驚般睜大雙眼，隔著眼鏡注視咲太的雙眼，想摸索真意。

雖然和咲太的狀況完全不同，理央的家庭在親子關係這方面也有點獨特。父親任職於大學醫院，整天忙於派系鬥爭，母親經營成衣店，一年大部分的時間都在國外談生意。

獨生女理央總是獨自住在寬敞的家。她之前說這幾年甚至沒有三人同桌用餐的記憶。

因此在去年夏天，無法忍受孤獨的理央出現了思春期症候群。咲太就是在當時得知理央家的事。

「我……」

理央注視馬克杯裡的飲料思考。看表情就知道她在尋找正確的話語。

「我認為我的母親是一個拒絕當媽媽的人。」

理央面不改色地喝咖啡。

咲太無法完全掌握這番話真正的意思，靜靜等她繼續說明。

「當上爸媽之後，生活應該會變成以孩子為中心吧。」

自己的話語不帶真實感，使得理央露出含糊的表情。

「哎，大概吧。」

回應的咲太也露出相同表情。他還沒當過爸爸，所以不懂這種事。不過就算不懂，也還是懂得某些事，應該就是理央接下來想說的事。

「在以孩子為中心的環境裡，母親就不會被人用名字稱呼對吧？」

「這是什麼意思？」

「會變成『咲太小弟的媽媽』或『花楓小妹的媽媽』這樣。」

「噢……」

聽理央這麼說就懂了。

「那個……我的母親無法接受『理央小妹的媽媽』這種立場，她不會把『養育我長大』當成自己人生的中心。講好聽一點，是不會以養育小孩為理由放棄自己夢想的女性。」

慎選話語靜靜說明的理央態度看起來像是置身事外。只不過這種客觀的解釋令咲太認同了。

他終於理解理央最初所說「拒絕當媽媽的人」這句話的意思。

「這也是一種人生吧。」

「妳真是看得開。」

「我能夠抱持這種想法，都是託你和國見的福。」

理央臉上浮現的情感，咲太認為和「死心」不太一樣，能強烈感覺到她「以自己的方式接受這一切」的認同感。雖然不是全部，卻能一點一點吞下去。這樣的實際感受存在於她的內心。

「應該說託國見和我的福吧？」

咲太對調順序再說一遍，隨即被理央冷眼相對。咲太假裝沒察覺，不經意移開視線。

「就是這麼回事，所以你也快決定要選哪一邊吧。」

「什麼意思？」

「要像你平常的作風，回到那邊的世界努力……」

「這是我平常的作風？」

「還是當個敗家犬待在這邊。」

「妳講得好過分。」

「從狀況判斷，你是逃過來的吧？逃到這個舒適的可能性世界。」

「我算是還在沮喪，對我溫柔一點吧。」

「夠溫柔了。」

「是嗎？」
「畢竟我煩惱國見的事情時，你一點都不溫柔。」
理央回給咲太一個很像她會說的正當理由。咲太聽她這麼說就無從頂嘴。
「人生在世就是要交一個會打屁股的朋友耶。」
咲太真的這麼認為。
因為理央說完之後，咲太就覺得只能行動了。
此時低沉振動聲介入對話。理央不以為意地喝著咖啡。
「雙葉，手機響了。」
咲太不認為理央沒察覺，但還是姑且說了一聲。
「不是我的，是你的吧？」
「啊？」
「那邊。」
理央說完從燒杯抽出攪拌棒，指向咲太的書包。
仔細一看，書包口袋放著智慧型手機，而且正在振動。
「真的假的？」
看來這個世界的咲太有智慧型手機。大概是成功保護了花楓不被霸凌，沒機會將手機扔到海

裡吧。

看向畫面，上頭顯示「麻衣小姐」。

「喂，我是麻衣小姐的咲太。」

『這麼晚才接。』

不知為何被這個不講理的理由罵了。不過這很像麻衣會有的態度，正在和麻衣說話的感覺在一瞬間被喚醒。身體有點躁動，全身細胞充滿活力。

「想盡快聽到我的聲音嗎？」

『沒錯。』

明明想稍微離題享受對話樂趣，麻衣卻很乾脆地承認了。簡短的回應裡帶著愉快的笑容，甚至感覺到反過來捉弄咲太的餘裕。這一切都是咲太喜歡的麻衣。從昨天就一直想見的麻衣就在電話另一頭。

『咲太，你在做什麼？』

「在物理實驗室吃便當。」

『那裡是吃飯的地方？』

「餐後會有咖啡招待，是我推薦的好地方。」

理央剛好將即溶咖啡粉倒入燒杯裡剩下的開水。透明的水逐漸從褐色染成偏黑的顏色。

『你說過今天要打工吧？』

「是的。」

『幾點開始？』

「四點。」

看向黑板上方的時鐘，現在是一點十五分。從學校到打工的連鎖餐廳大概抓個三十分鐘就夠，所以時間相當充裕。

『那麼，打工之前要來嗎？』

「去哪裡？」

『我家。』

「如果麻衣小姐願意和我恩愛就去。」

『為明年做準備，我來當你的老師。』

「如果打扮成兔女郎，那我就去吧～」

『那種東西早就扔了。』

「咦～～怎麼這樣～～」

居然會這樣。看來這個世界的咲太沒收到兔女郎服裝。或許因為不是住在正對面的公寓，沒有這種機會。真可惜。

『所以要來嗎？還是不來？』

「唔～～我還有事情要跟雙葉談，今天就免了。」

『是嗎？』

麻衣回以略感意外的反應，隔著實驗桌坐在正對面的理央也是相同反應，她稍微睜大雙眼向咲太投以看見珍禽異獸的眼神。「居然拒絕櫻島學姊的邀約，不愧是豬頭少年。」她以咲太聽得到的音量說。

「麻衣小姐，對不起。」

『這種事沒什麼好道歉的。』

「那麼，謝謝。」

『也沒什麼好道謝的。』

「那麼，我喜歡妳。」

『這我知道。』

「超喜歡妳。」

『真是的，我掛電話了喔。』

麻衣以有點害臊的聲音說出有點傻眼的話，然後真的掛掉電話。

咲太將智慧型手機收回書包口袋。

「你在每個世界都是騙子耶。」

理央這麼說。

總之咲太先喝理央泡給他的咖啡。雖說是即溶的，不過味道是咖啡，香氣也是咖啡。只要用慣，也不會在意容器是燒杯。

「我是真的超喜歡麻衣小姐。」

咲太知道理央指摘的是其他部分，但他刻意裝傻。

「我就是在說這一點。乖乖去約會或是做任何事不就好了？」

「見面之後，決心會大打折扣吧？」

「什麼決心？」

理央真的是明知故問。她協助咲太方便把想法化為言語。

「要是現在見到麻衣小姐，我肯定會覺得就這麼在這裡幸福地生活下去也不錯吧？」

會習慣逃避，無法從這裡掙脫，沉溺在沒有任何問題的這個世界。

咲太不認為這是壞事，但這不是他想成為的自己。

剛才和麻衣通過電話之後，咲太更強烈意識到麻衣的存在，察覺自己想趕快回去見麻衣。

所以一定要回去才行。想回去。

回到做出重要約定的麻衣身邊。

「可是你打算怎麼回去？」

理央平淡地說出這個單純的疑問。

「妳認為該怎麼做？」

咲太就這麼反問。雖然整理好心情，最重要的事情還是一無所知。

「如果是那個酷似櫻島學姊的小女孩把迷路的你帶到這個世界，你要走原路回去就只能找出那個小女孩吧？」

「哎，就是這樣吧。」

「你有找她的線索嗎？」

「並不是沒有。」

雖然稱不上線索……但咲太覺得去那裡就見得到。他總共見到那個小女孩三次。第一次在夢中，第二與第三次在七里濱海邊。第一次夢見她的地點也是七里濱海邊。

咲太完全無法斷言，卻有一種想見她就能見到的預感。因為這是咲太引發的思春期症候群……咲太覺得見得到她。

咲太將吃光的便當盒收進書包。

一口喝光咖啡。

「感謝招待。」

咲太說完從圓凳起身。

「梓川。」

咲太準備離開時被理央叫住。她仰望咲太的雙眼似乎混入了不安的神色，但是咲太猜不透原因。

「什麼事？」

所以他簡短地催促理央。

「你的思春期症候群是可以走訪各種可能性的世界，這個道理我並不是不能以自己的想法接受。因為一旦認知到可能性的世界一次，之後只要如法炮製就好。腹部的傷痕也可以推測來自你的心理因素，畢竟有前例。」

和話語相反，理央的表情一點都不舒坦，明顯感覺到她依然感到納悶。

「那妳在不滿什麼？」

「雖然剛建議完就講這種話不太對，不過只有那個酷似櫻島學姊的小女孩，我沒辦法以道理解釋。」

既然變成這個狀況，咲太基於本能也有這種感覺。接連發生不可思議的事情，所以心情上覺得全都連結在一起，但是這一切或許都是獨立的事件……正因為是當事人，咲太內心冒出這種像是預感的感覺。

咲太認為理央這句話正確詮釋了這種感覺。

——沒辦法以道理解釋。

「就當成是我對麻衣小姐的愛滿溢而出，接受我這種說法吧。」

邏輯完全不通，這樣不可能讓理央接受。但是咲太認為總比什麼都不說來得好。因為咲太這份莫名其妙的貼心讓理央傻眼地露出笑容……

「明天之後，原本的我就請妳多多關照了。」

「講這種話，明天可不要也來找我討論啊。」

「到時候妳就比今天更用力笑我吧。」

咲太拿起書包說聲「那我走了」，以像是明天也會見面的輕鬆態度離開物理實驗室。

明天大概也會和理央見面。這個世界的咲太會和這個世界的理央見面。咲太要見的應該是原本世界的理央吧。一定要這樣才行，一定要變成這樣才行。

3

通往校舍門口的走廊沒有任何人。今天的課程在上午結束，幾乎沒有學生留在校內吧。

只有操場傳來運動社團的吆喝聲，以及遠方傳來管樂社的樂器聲，很有放學後的氣氛。

所以咲太認為應該再也不會見到任何人。

直到在鞋櫃前面撞見一名女學生……

「……」

拿起室內鞋的赤城郁實以隱約帶著戒心的雙眼看著咲太。

「……」

咲太也暫時沉默以對。

主動搭話比較好嗎？咲太不知道。

苦惱到最後，咲太先從鞋櫃拿出鞋子換上，將脫下的室內鞋收進鞋櫃。

「日誌，我幫你拿去教職員室了。」

此時，郁實沒看過來就對咲太這麼說。

「啊？」

「你就這麼放在講桌上。」

「那個不是放那裡就好嗎？」

「要交給班導，春季開的班會不是說過嗎？」

「這樣啊，抱歉。謝謝妳。」

「沒關係啦……」

郁實瞥了咲太一眼，然後走出校舍大門。咲太也一起走出去。鞋子都換好了，留在原地也不太對。

郁實快步走向校門，咲太不經意和她並肩前進。

「赤城，原來妳不在意啊。」

咲太實在還不習慣稱她「赤城」，國中時期也幾乎沒叫過這個名字。咲太大概還沒習慣就會離開這個世界吧。這麼做對這個世界比較好。

「不在意什麼？」

「不在意和我說話。」

班上其他同學都明顯和咲太保持距離。

「因為我知道那個傳聞是瞎掰的。」

郁實就這麼面向前方，同時也確認腳邊邁步前進。感覺得到她刻意讓自己不去注意咲太。這大概不是咲太多心，應該是她不習慣和男生並肩一起走。就是這樣的意識，這樣的自我意識……

「可是妳為什麼會來念峰原高中？」

若要找偏差值差不多的公立高中，咲太與郁實就讀的國中附近就有。橫濱市有很多學校，所以應該還有許多不同的選擇。

不必刻意選擇單程通學一小時以上的高中。

走出校門沒多久，郁實突然停下腳步。響起警鈴聲，平交道放下柵欄。

「……」

郁實沒回應。大概是問了不該問的問題吧。還是說自己對別人搭話沒問題，別人對她搭話就有問題……類似這種難解的理由嗎？

被平交道擋下，等待電車經過的人，只有咲太與郁實。

「……」

「……」

即使響起刺耳的警鈴聲，兩人之間也有一股沉重的沉默。

「妳知道嗎？警報機的閃燈和這種噹噹聲之所以錯開，是故意不讓裝置連動，這麼一來即使其中一種故障，另一種也能維持功能。」

之前咲太和理央回家的時候隨口提出這個疑問，理央是這麼說明的。看來連平交道都難不倒她。

「梓川同學……」

電車從前方經過。這段期間，原本想說話的郁實嘴脣沒有繼續動。因為躊躇而閉上……即使電車已經通過依然緊閉著嘴。

最後，警鈴聲停止，柵欄上升。

「……沒事。忘記吧。」

郁實別過臉般低下頭。

「我要搭那班電車。」

她說完獨自往前跑，逐漸加速跑向車站。跑步姿勢很漂亮。

並不是來不及叫住她，但咲太認為別叫住她比較好。因為雖然沒說出口，但郁實眼中有某種明確的情感……比起口頭說明更強烈表達給咲太。

「今天早上國見想說的就是這個嗎？」

看來這個世界的咲太表現得真的很傑出。拯救妹妹脫離霸凌，保護家庭圓滿，每天花一個多小時到峰原高中上課，當然也確實和麻衣交往。不只如此，郁實剛才還是那種反應。

條件湊齊到這種程度，說這是咲太恣意打造的妄想世界，咲太比較能打從心底接受。老實說，他難以接受自己擁有這種可能性。

這麼一來，現在的咲太不就像是失敗品嗎……

獨自留下來的咲太靜靜踏出腳步穿越平交道。

既然是失敗品，當個失敗品也無妨，身為失敗品努力活下去就好。

咲太從書包取出智慧型手機，從通訊錄撥打某個號碼。

沒走向車站，而是筆直走向眼前所見的海。

咲太在行經平緩下坡的同時打電話回家——今天早上說「我出門了」離開的那個家；一家四口和樂生活的家。

鈴聲傳入耳中。響了一次、兩次、三次也沒接通。

母親以及已經處於放春假狀態的花楓應該在家，但是鈴響五聲還是沒人接。或許是出門買東西吧。

這樣的想法剛掠過腦海，鈴聲就中斷了。

『咲太，怎麼了？』

電話一接通，聽筒就傳來母親帶著疑問的聲音。開頭不是說「喂」或「您好」，應該是看來電號碼得知打電話的是咲太吧。

明明是要打電話給母親，不過母親真的接電話之後，咲太身體突然緊張起來。

「其實沒什麼事啦……」

咲太好不容易擠出第一句話。

『嗯。』

「我說過今天會因為打工晚點回家嗎？」

這不是預先準備的話語。只是聽到母親的聲音，一般話題就自然地脫口而出。母親的態度很

正常，所以咲太也能正常應對。

『這我昨晚聽你說過了。』

「是嗎？」

『所以我才做便當啊。』

咲太連昨天的事情都不記得，使得母親為難般笑了。完全不會覺得討厭，就像是「真拿你沒辦法」而微笑的感覺。

「說得也是。」

咲太也跟著稍微笑了。半掩飾的笑。

『你還在恍神嗎？』

母親提到今早的話題，再度笑了。

「大概吧。」

『只是要說這件事？』

原本就沒什麼重要的事，只是覺得在離開這個世界之前，非得對母親說某件事不可。為了從這個世界回去，咲太必須面對逃到這裡遇見的母親。

「便當，我吃光了。」

所以咲太拿出這種家常話題；隨時都能說，卻總是沒說的話題……

走下坡道，面前是134號國道。大海就在眼前卻被紅燈擋下。

『今天的白飯有點軟對吧？』

「感覺有點軟。」

飯煮硬一點是咲太家的常識。

『水量好像加錯了。』

「不過放涼之後或許剛剛好。」

『是嗎？』

「炸雞塊也很好吃。」

總覺得是非常懷念的味道。自己做的時候也自然想模仿母親的味道，但是不太成功。雖然近似，但無論如何都有差異。做法明明沒差太多才對……卻還是不一樣。

『哎喲，怎麼突然這樣？』

「每天都早起幫我做飯……謝謝。」

咲太的視線朝向紅燈後方……筆直注視著湛藍的大海。

『說真的，你怎麼了？』

話語雖然聽起來在為難，語氣卻很和藹，洋溢著溫暖，或許有點害羞。咲太如今才知道母親原來也會產生這種反應。雖說理所當然，母親也和咲太一樣是人類。這種天經地義的事，咲太覺

得至今才得以理解。

『咲太你也是。』

「嗯？」

『謝謝。』

咲太不懂母親道謝的意義。

「謝什麼？」

『謝謝你成為好哥哥。』

「這是怎樣？」

咲太假裝不知情，卻立刻想像得到母親說這句話的原因。

『謝謝你保護花楓。』

「……嗯。」

母親的話語正如預料，咲太含糊地回應。他只能這麼做。並不是現在這個咲太拯救花楓脫離霸凌，占據廣播室的不是他。

這是活在這個世界的咲太完成的偉業。

所以咲太還不能獲得母親的誇獎。

『大概十點半？』

母親以家人對話特有的隨興風格換個話題。

「嗯？」

『回家時間。』

「應該差不多。」

打工到九點。換好衣服再轉搭電車之後……大約是晚上十點半。

『要吃什麼？』

「可樂餅還有嗎？」

『明天的份都有喔。』

母親講得有點驕傲。

「這就做太多了。」

今早端上餐桌的可樂餅，應該是昨晚做來當配菜的可樂餅。

『有很多馬鈴薯，所以就做了很多。』

咲太隨著懷念的心情回想起來，母親就是這樣的人。大概是不會抓分量，可樂餅與咖哩每次都會做三天份左右。

所以如果是接連做這兩種料理，就會變成週一、二、三吃可樂餅，四、五、六吃咖哩這種像是作夢的日子。希望只是在作夢的日子。

『到車站傳個簡訊給我，我幫你炸。』

「知道了。」

『打工加油喔。』

自然地逐漸變成差不多該掛電話的氣氛。

「那個，媽……」

所以咲太開口叫住母親。

『怎麼了？』

有話想說。有件事一定要說出來……

「沒事。」

但咲太這麼回應，稍微笑著帶過。

『是嗎？那麼，小心點喔。』

「嗯。」

結束通話。

拿智慧型手機的手放鬆下垂。咲太注視著還沒變化的紅燈，上方是清澈湛藍的遼闊天空。

有話想說。有件事一定要說出來……但是咲太該說的對象，不是這個世界的母親。

要回到原本的世界，向原本世界的母親說，否則就沒有意義。

燈號終於轉綠。

咲太將智慧型手機收回書包口袋，只看著前方朝大海前進。

走下沙灘的鞋子稍微沉入沙灘。一步步走著走著，自然變成躡腳的走法，咲太就這麼走了約十五公尺來到海岸線。

站在有些溼潤的沙子上。

從這裡看得見的只有海、天空與水平線。

浪濤聲包覆咲太全身。

風充滿潮水的味道。

只有這一切。

沒有車輛行駛在岸上道路的聲音，也聽不到不遠處女大學生們嬉戲的笑聲。浪濤聲與風聲保護著咲太。

隨著知覺逐漸封閉，全世界只剩自己一個人的錯覺襲擊咲太。

現實感逐漸從體內流失。

咲太委身於這種舒適的感覺。

「叔叔，你又迷路了？」

此時，一個小女孩向他搭話。

她不知何時站在咲太右邊。和上次見面的時候一樣揹著紅書包，個子還很嬌小，所以感覺是費盡力氣揹書包。

是酷似童星時代麻衣的小女孩。

「已經沒有迷路了。」

「為什麼？」

像是幼童的問題。實際上她就是幼童，也在所難免吧。

「因為我知道要回去哪裡了。」

咲太老實回答。

「叔叔要回去嗎？」

「沒錯。」

「為什麼？」

小女孩又以相同的話語問。

「明明一直待在這裡就好了。」

咲太還沒回答，她就這麼說。

「是啊。畢竟這裡好舒適。」

花楓免於霸凌造成心理重創，母親也依然健康，全家人都住在一起，而且一樣在和麻衣交往，這個世界的咲太過著完美的生活。

無從挑剔。隨心所欲獲得想要的東西。

「可是，有點太舒適了。」

「明明很好卻不行？」

「並不是不行啦。」

「……？」

小女孩雙眼深處藏著疑問，可愛地歪過腦袋。

「大家都自己想辦法解決了。」

「大家是誰？」

「麻衣小姐、古賀、雙葉、豐濱、楓與花楓、牧之原小妹與翔子小姐……都是以自己的力量克服難關。」

或許不是獨力克服，應該接受過別人的協助。即使如此，最後也確實以自己的意志前進。明明應該不是好走的路，明明應該曾經是坎坷的路……卻都沒有逃避，克服思春期症候群，好好面對自己的心。

所以……

「媽媽的事，我會自己想辦法解決。」

不是找人幫忙解決，也不是逃到其他可能性的世界，而是以自己的力量……

「就是這樣，所以再拜託妳了。」

咲太對小女孩這麼說，同時伸出右手。

小女孩注視他的手，看來也像在思考該怎麼做。咲太看著小女孩的臉，腦中浮現某種想法。

理央說這個小女孩的存在無法和這次的事件連結在一起，不過到頭來，這孩子或許也是咲太內心的軟弱，是咲太內心的幼稚。

咲太因為自己和母親的關係而苦惱。為了對抗這樣的自己，咲太下意識打造出這個存在。之所以是麻衣的外型，是因為這樣比較可以率直地開口。

沒有任何根據。

要是說給理央聽，她或許會哼聲一笑。

不過只要這麼想，咲太就能接受到某種程度。

「叔叔，你真的想回去啊？」

「沒錯。我不是說了嗎？」

「就算回到那邊，大家也都忘記叔叔了耶。」

小女孩目不轉睛地仰望咲太，像是只以純真打造的美麗雙眼看透咲太般注視著他。

「就算這樣，我還是想回去。」

「無論如何都想回去嗎？」

小女孩像在尋找咲太內心的迷惘般注視他。

「無論如何。」

「絕對要回去？」

「絕對絕對。」

咲太沒有逃避小女孩這雙純真的眼睛。他筆直注視，看著映在美麗雙眼中的自己。

「知道了。那我就幫你吧。」

小女孩握住咲太的手。牢牢握住，用力握住。

「只是幫我？」

「能夠來到這裡，是叔叔自己的能力喔。我只是告訴叔叔你做得到。」

小女孩有點得意地這麼說。說真的，咲太聽不懂這是什麼意思。

不過，聽不懂也沒關係。

反正這是最後了。因為是最後一次，咲太想講其他的事。因為咲太回到原本的世界，思春期症候群完全消除之後，應該再也不會見到小女孩……從第一次相遇開始，咲太就忘記說一件重要的事。

「雖然有點晚，但我要說一件事。」

「什麼事？」

「我姑且還是大哥哥的年紀喔。」

咲太正經地說完，小女孩發出聲音笑了。天真快樂的笑聲。露出潔白的牙齒，開朗的聲音擴散到天空。

至此，咲太的意識迅速消失。在一眨眼的瞬間，像電視關掉般突然中斷。

小惡魔學妹
古賀朋繪
高中一年級的時下女生，
咲太的小惡魔學妹，
打工的地點也一樣。
個性冒失是美中不足之處。
冷靜沉著的理科女生
雙葉理央
科學社成員，咲太的同學。
咲太少數朋友之一，是可靠的人物。
會陪咲太討論思春期症候群的問題。

Character Profile
現役女高中生偶像
豐濱和香
麻衣同父異母的妹妹，
偶像團體「甜蜜子彈」的成員。
一反花俏的外表，
就讀千金貴族學校。
咲太的妹妹
梓川花楓
因為遭受霸凌
不敢走出家門的咲太妹妹。
15歲，今年春天將升上高中。

第四章

家

1

咲太放空的意識被聽慣的鬧鐘鈴聲闖入。自覺之後，咲太認知了「自己」的存在。

意識逐漸凝聚，雙眼隨之睜開。

首先映入眼簾的是有印象的白色天花板、圓形的照明燈、身體熟悉的三坪房間、床鋪與書桌，除此之外只擺放格子櫃的簡單空間。

這裡是咲太的房間，搬到藤澤之後度過兩年的臥室。自己可以自由行動的這個空間具備安心感，這份安心感令他鬆了口氣。

「回來了嗎？」

咲太出聲感受這份現實。

總之先按掉響個不停的鬧鐘。

時鐘顯示的日期是三月十八日，星期三。

也就是說，昨天在另一個可能性的世界過了一天，於今天早上回來。

咲太打個呵欠下床。此時，他覺得室內空氣有點不對勁。

這裡是咲太的房間沒錯，肌膚感受到的空氣與氣氛在在說明這裡是原本的世界。咲太的本能如此呢喃。

然而房內某處洋溢著格格不入的感覺，類似聞到某種陌生的味道。這種感覺的真面目位於桌上。

是一本筆記本，就這麼打開放在桌上。

走到旁邊仔細一看，熟悉的筆跡大大跨頁寫下一行字。

——**振作一點啊，另一個我。**

很像咲太的字，非常像，應該說只覺得是咲太的字。但是咲太不記得寫過這種東西。

那麼是誰寫的？

不必思考就知道答案。因為這段文字的其中一句正是提示。

「另一個我嗎……」

恐怕是咲太昨天所造訪另一個可能性世界裡的咲太。應該是昨天這邊的咲太過去時，那邊的咲太代替他待在這裡。

筆記本的留言就是痕跡。

這段文字還有後續。

——**回來之後，把信放進麻衣小姐家的信箱。**

不明就裡的指示。

「信？」

筆記本旁邊確實有一張從內頁割下來經對摺再對摺的紙張。表面寫著「麻衣小姐收」，這也是咲太的筆跡。

總之咲太打開紙張確認內容。

——麻衣小姐的幸福由我來保證。

上面寫著這句話。

「真是多管閒事。」

看來另一個咲太相當明確地掌握咲太身處的狀況。

寫給麻衣的這封信下方寫著「麻衣小姐的咲太上」。

看來這正是咲太寫的沒錯。

「客觀來看還挺惱人的……」

而且相當噁心。

看來今後小心使用這東西比較好。

如此心想的咲太摺好信，毫不猶豫扔進書桌旁邊的垃圾桶。信掉到空垃圾桶底部，發出悅耳的碰撞聲。

後來咲太從筆記本割下一頁，親自重寫一封內容相同的信。仔細書寫，寫到比另一個咲太的字更好閱讀，再工整摺好就完成了。

一直開著的筆記本也闔好。此時，咲太發現筆記本底下也放著一張字條。

——你對霧島透子有什麼想法？

字條上以很小的字寫著這句話。

「就算問我有什麼想法……」

咲太不懂這個問題的意圖。

「沒什麼特別的想法。」

這是咲太現在率直的感想。他只知道這個人最近好像很紅，也不感興趣。

另一個咲太為什麼留下這種問題？大概是基於那邊的隱情有著某種理由，但咲太完全不知道。不但不知道，他現在也沒空管這種莫名其妙的事。

已經成功地像這樣平安回到原本的世界。

不過本質上的問題一點都沒解決。

掀起上衣確認，腹部依然留著奇怪的泛白傷痕。

這是沒解決任何問題的證據。

為了確認狀況，咲太走出房間前往客廳。撥打記得的電話號碼……麻衣、理央、佑真，順便

也打給和香看看，但仍然連鈴聲都沒響。

花楓也不在家裡，只有那須野睡在暖桌上。花楓大概還在母親那邊，所以沒回來。既然咲太的存在從意識中剝落，或許不會想到要回藤澤。

所以咲太在這個時間點就不抱期待了。

即使如此還是必須確認，所以咲太只拿著從筆記本割下內頁寫成的信，從玄關奪門而出。

搭電梯到一樓，走出公寓。

現在是早上通勤通學的時段，前方道路可零星看見走向車站的上班族或學生。

咲太打赤膊讓自己顯眼，跳到道路中央觀察反應。

年長的白領族直接走過去。

女大學生看都不看他一眼。

花了大約五分鐘，試著和將近三十人接觸，但是沒人和咲太目光相對，也沒人報警說這裡有變態，當然也沒有警車趕過來。

這麼一來，咲太能做的事情有限。雖然不甘心，但只能依賴另一個咲太準備的信。

咲太穿好衣服，走進麻衣公寓的門口，在麻衣家信箱輕輕放入只割下筆記本內頁寫的信。

說來神奇，他沒有任何不安。

明明是這種狀況，卻甚至隱約冒出愉快的感覺。

這很像是剛說好要約會時的心情。

聽麻衣說，她從拍片的山梨縣回來是明天……三月十九日星期四的事。在信箱前面等也沒用，所以咲太先回家一趟，餵那須野吃飯，自己也吃個早餐。用完餐之後刷牙洗臉，上完廁所換上制服。

「我出門了。」

自言自語打完招呼之後出門上學。

咲太也曾想過要去山梨找麻衣，現在也仍想這麼做。但是咲太沒聽麻衣說過劇組具體所在的場所。山梨縣的某處……這個範圍終究太廣，咲太判斷這個找人計畫不夠實際，這時候還是乖乖期待明天的到來比較好。

對此，咲太並不是沒感到不安或焦慮，肯定有。

現在的咲太是不被任何人認知到存在的懸空狀態。以理央的說法就是一半機率存在，一半機率不存在的狀態。所以這到頭來是什麼狀態？咲太完全不知道。總之他肯定成了匪夷所思的存在，是風一吹就可能消失的不確定存在吧。

不過正因如此，咲太想去學校。

想要隨時記得保持平常心。

想要一如往常地過生活，藉此將自己存在於這裡的事實深植於世界。咲太想要實際感受這一點，感受自己確實存在於這裡。

所以他以平常的速度行走，約十分鐘抵達藤澤站。車站周邊籠罩著早晨的熙攘，前往公司或學校的上班族與學生精神抖擻地行動。人們魚貫進入ＪＲ的驗票閘口，出站的人紛紛轉搭小田急江之島線。

咲太穿過每天早上重複相同行為的人群來到車站南側，再沿著連通道行走約五十公尺，感應ＩＣ卡的月票進入江之電藤澤站月臺。

順利趕上平常搭乘的那班電車。

在起步行駛的電車上，咲太從書包拿出單字本打開，逐一背下單字。以紅色塑膠板遮住答案，確認自己是否確實記住了。

背單字沒多久，咲太抵達要下車的七里濱站。

混入峰原高中學生的人群穿過校門，在鞋櫃脫鞋換上室內鞋。途中咲太看見朋繪，佑真也從眼前經過，但兩人都沒察覺咲太。沒有任何人認知到咲太，沒能認知到他。

雖然早就知道了，但是被熟人無視感覺還是有點心酸。即使如此，當預備鐘聲響起，咲太仍趕往教室。

現在不是受到打擊而低頭的時候。

咲太相信某件事。

所以沒問題。

雖然沒有科學根據……但他相信某人。

咲太有一個重要的人……有麻衣。

麻衣肯定會發現咲太。他可以這麼相信。

所以咲太的透明人生活不會持續太久，應該會立刻回到原本的生活。

所以最好繼續過著一如往常的生活，到時候就不用慌張了。

第三學期期末考也已經結束的這個時期，上課時只有發還考卷以及講解考題，不過咲太專心聽講，以便隨時能夠回復正常。

沒被世界認知到的咲太，當然沒拿回考試結果……即使如此，咲太還是把自認寫錯的數學考題解法寫在筆記本上。

「這部分，大學測驗也經常會考喔。」

只要老師這麼說，咲太也會專心聽講。

就這樣，咲太確實上完上午的四堂課。

放學前的班會時間結束之後，只有要進行社團活動的學生留在教室開始吃便當，沒事的學生就回家了。咲太平常是後者，但是就算回家也只能念書準備大學考試，所以咲太吃著從家裡帶來

的紅豆麵包前往圖書室。

他認為如果只是要念書，在學校就可以念。

「打擾了。」

咲太輕聲打招呼之後開門。進入圖書室，裡面沒有任何人。不久之前……直到考季結束，應該都有一些三年級學生使用這裡，但是這些三年級學生如今也已經畢業所以不在。

咲太坐在看得見海的靠窗座位，打開數學參考書，複習剛才上課時講解的微分題目。雖然不知道要用在哪裡，不過至少考試會用到，那麼就必須全部理解才行。

這是為了和麻衣共度快樂的大學生活，為了麻衣的笑容，一小部分是為了咲太的將來……

這段期間，咲太除了上廁所就沒離開過座位，得以專心念書。幾個學生找圖書室的值班老師問問題，但咲太毫不在意。

咲太是在聽到「圖書室要關了喔」的聲音才回神。年約三十歲、個性溫和的圖書室值班老師走遍室內確認。逐一檢查書架間的走道，看看是否還有學生留在這裡。

雖然也從咲太的面前經過，卻完全沒發現就直接走過去。

咲太迅速收拾參考書與筆記本，在鎖門之前離開圖書室。妨礙老師關門的話不太好。

來到走廊，咲太發覺天色不知何時變暗了，看向西方天空也找不到太陽，只有江之島的另一邊……隔海所見的小田原、湯河原或箱根山區深處看得見朦朧的光。留下些許太陽的氣息，而且也在咲太的注視之下完全消失迎來夜幕。

校內社團活動的聲音已經都沒了，走廊電燈也接連關上。

學校的打烊程序在咲太的注視之下持續進行。

雖然就讀峰原高中兩年了，但這是咲太也沒看過的光景，所以想看著電燈全部關掉再回去的玩心自然在內心萌芽。

這肯定是只有現在才能做的事。

因為老師們要是看得見咲太的身影，應該會說「趕快回去吧」把他趕出學校。

三樓電燈全部關掉，二樓與一樓也幾乎同時關燈，只有教職員室周邊還亮著。

但也在剛過八點的時候關燈了。

校內連一根日光燈都沒亮。即使沒有照明，校舍內部也沒有漆黑到看不見腳邊。

走廊看得見緊急照明燈的零星光芒，月光也從窗外射入。

等待留到最後的教職員回去之後，咲太也走向鞋櫃，換穿鞋子走出校舍。此時的他更明顯地感受到月光。

但即使仰望夜空也看不見月亮，大概是校舍擋住了吧。

尋找月亮的咲太走到操場。

如果是這裡，校舍就不會擋到了。

仰望的夜空掛著明亮的月亮。缺了一小角的月亮俯視著站在操場中央的咲太。

對咲太來說，這裡是充滿回憶的場所。

是他向麻衣表白的場所。

在那之後還沒經過一年，大約十個月。回憶這十個月以來發生的事，內心就洋溢著一股嶄新的心情。

「好想趕快見到麻衣小姐。」

等不及明天的到來。

希望趕快變成明天。

為此，趕快回家睡覺是最好的方法。

如此心想的咲太準備回去時，看見操場一角有個人影。操場架設的球網另一側……

大概是哪個教師還沒走吧。

咲太一開始悠哉地這麼認為。

但他很快就知道自己錯了。

因為光是這個人影踏出一步，咲太就認出對方是誰……

那是他熟悉的走路方式。

人影從球網後方走到操場。

月光鮮明地照亮她的身影。

「麻衣小姐……」

這個名字自然脫口而出。

麻衣以一如往常的輕盈腳步接近過來。

一步步……筆直走向咲太。

就像是看得見咲太……麻衣的雙眼聚焦在咲太身上。

視線也相對了。

不是多心，視線現在也依然對上沒有錯開。咲太像是中了緊身咒，在原地動彈不得。

為什麼麻衣在這裡？

明明要到明天才會回來。

為什麼她毫不猶豫，面不改色地走向咲太？

明明全世界都認知不到咲太……

咲太相信麻衣會發現他，但是疑問油然而生。

不過，這只是一瞬間的思考。

麻衣正在靠近。當咲太清楚看見她的臉龐，這種事就一點都不重要了。

想見的麻衣就在那裡，已經來到那裡了，沒有任何東西能勝過這個事實。

麻衣若無其事地筆直走過來。不過在距離不到十公尺的時候，從容的表情稍微走樣。像是再也忍不住，步調有些變亂變快，在剩下五公尺的時候走得更快……麻衣就這樣順勢抱住咲太，雙手環抱他脖子，身體緊貼上來。

兩人之間的距離變成零。

拂過耳際的麻衣呼吸有點喘，重疊的胸口傳來麻衣帶著焦急的心跳聲，怦通怦通地傳達現在的心情。

咲太自認害她不安了，所以想老實說聲「對不起」，想在道歉後好好說明變成這樣的原因。一切都來自咲太的迷惘，無法好好處理自己對於母親的情感才會發生這種事。咲太明明想這麼說卻說不出口。

「咲太。」

在咲太開口之前，麻衣在耳際輕喚。

「什麼事？」

咲太反射性地回應。

麻衣摟著咲太的手稍微增加力道。

「……將來，我們成為一家人吧。」

她溫柔地呢喃。平穩、柔和、洋溢暖意的聲音。

麻衣的存在從鼓膜擴散、傳達，逐漸滲入全身。麻衣的存在輕輕包裹咲太內心的不安。

光是聽到這句話，咲太就再也說不出任何話語。本應準備好的話語全部消失，消失得無影無蹤，有如從一開始就沒有任何言語……

麻衣給的東西，是咲太現在需要的話語。

這是咲太一直想獲得的東西。

是咲太一直在尋找的東西。

但是咲太找不到，甚至不知道自己在尋找什麼。

因為不知道，所以無從找起，也找不到。

麻衣非常輕易就找出來，並且告訴咲太，送給咲太。

咲太沒有任何東西能回禮，只能任憑這股讓身體暖烘烘的情感緊抱住麻衣。將喜悅、感謝以及對麻衣這份無法言喻的情感全部注入雙手，緊緊地抱住她。

直到麻衣笑著說「快喘不過氣了啦」……

2

晚上九點過後的七里濱站位於寂靜之中，沒有任何人。別說乘客，到了這個時間連站務員都不在。

咲太與麻衣並肩坐在完全包場的月臺長椅上。

隱約聽得到照亮車站的電燈的聲音，浪濤聲與沿海１３４號國道的車聲都傳不到這裡。

從大海傳來的只有潮水味。

「看來靈驗了。」

麻衣輕聲說。

「嗯？」

咲太朝麻衣投以疑問的視線，麻衣雙眼也轉向咲太。

「護身符。」

麻衣露出惡作劇般的微笑。

「那個嗎？」

這段簡短的對話，解除咲太內心的某個疑問。

為什麼麻衣提早一天回來？

這都是多虧「護身符」。

寫上咲太與麻衣的姓名，藤澤市特製的結婚登記申請書。

麻衣當成護身符隨身攜帶的物品。

因為有它，麻衣想起咲太了。

麻衣因而比預定提早一天回來，為了咲太。

麻衣來到學校，大概是因為看見信箱裡的信吧。

不是偶然也不是奇蹟，和麻衣累積到今天的點點滴滴拯救了咲太。

這個事實純粹地令咲太感到開心。

和麻衣共度每一天的回憶逐漸填滿內心，咲太甚至不在意電車遲遲沒來。對咲太來說，和麻衣獨處的時間不可能會無聊。

約十分鐘後，電車從鎌倉方向行駛過來。

在黑夜中行駛的江之電電車逐漸接近月臺。周圍只有路燈的燈光，電車車窗看起來特別明亮清晰。搭慣了的電車露出不同於以往的樣貌。

乘客寥寥無幾。

即使如此，也足以確認麻衣以外的人是否看得見咲太。因為在上車的瞬間，從車內無形的氣氛就知道了。

咲太向麻衣使個眼神之後發出「哇～～」的聲音，卻沒有任何人看他。有人專心滑手機，也有情侶忙著卿卿我我無暇理會。

咲太確認周圍時，麻衣握住他的手，有些用力地拉他坐在綠色的座位上。直到抵達藤澤站，麻衣都不曾放開咲太的手。

即使在終點藤澤站下車，還是找不到能認知咲太的人。

快十點了。

在車站周邊，踏上歸途的社會人士來來往往，看來這座城市還沒入睡。

在這樣的環境中，咲太與麻衣大方地手牽手一起走。平常做不到這種事，畢竟麻衣是號稱家喻戶曉的名人，是禁止鬧出醜聞的當紅女星。

所以，做出不能做的事情帶來解放感與罪惡感，使得咲太心情逐漸變得愉快。走出車站北門時，兩人就這樣牽著手快步穿過人群。

這份高興的心情，在走向居住的公寓路上逐漸平復，走過橫跨境川的小橋時，彼此的臉上都收起笑容。

既然咲太沒能被他人認知，就代表問題還沒解決。

現在高興還太早。

咲太與麻衣幾乎沒對話，就這樣走到公寓前面。這裡是咲太住的公寓前面，也是麻衣住的公寓前面。因為彼此的公寓隔著道路相對。

咲太還沒開口，麻衣就自然而然跟著咲太走。應該說是麻衣拉著咲太，領著咲太進入他家。

麻衣一進屋就說「我去做點吃的」，不等咲太回應就前往廚房。完成的料理是白飯、味噌湯與煎蛋卷。由於還沒去採買，冰箱空空如也。

「這是昭和時代連續劇的早餐耶。」

麻衣自己說出這樣的感想笑了。咲太也跟著微微笑了。

填飽肚子之後，麻衣對咲太說「洗澡水放好了，去洗吧」。

「你應該累了，放輕鬆慢慢洗吧。」

「如果麻衣小姐願意和我一起洗，要我洗多久都行。」

「這樣就不能放輕鬆了吧？」

麻衣很平靜地駁回要求，從咲太背後將他推進更衣間。

老實說，咲太確實累了，所以不做多餘的抵抗。不知道是身體還是精神……總之疲憊不堪。

咲太決定乖乖聽麻衣的話，放輕鬆慢慢洗個澡。

脫下衣服，看得見腹部依然理所當然般留著泛白的傷痕，也清楚映在鏡子上，絲毫沒有消失的徵兆。

麻衣以外的人還沒認知到咲太。

事件還沒結束。傷痕是這麼說的。

因為咲太沒有面對母親。

「……我自己想怎麼做？」

咲太泡進浴缸仰望天花板，率直地說出現在的心情。以這種方式整理內心一次，確認內心的位置。

光是做到這一點，咲太就覺得放輕鬆慢慢泡澡是有意義的。

趁沒泡昏之前出浴，麻衣難得也說自己要在咲太家洗澡。之前來過夜的時候，她也是先回自己家洗完澡再過來。麻衣只有跟和香外表互換的那次使用過咲太家的浴室，應該不曾以麻衣的外表在這裡洗澡。

「既然知道了，就給我離開盥洗間。」

咲太正感不可思議的時候，麻衣直指走廊說。

「可以的話，我想一直待在這裡。」

這句話輕易被麻衣當成耳邊風，和剛才相反，咲太是從盥洗間被趕出去，就這樣只穿一條內褲……盥洗間的門立刻關上，還上了鎖。

「麻衣小姐，換穿衣物呢？」

「剛才我回家拿你最喜歡的過夜專用包來了。」

剛才麻衣確實提著一個塞滿東西的托特包。

「毛巾呢？」

「有哪一條可以用嗎？」

「上面櫃子的毛巾都是新的。」

「謝謝。」

「……」

「快去穿衣服吧。」

咲太原本想隔著門感受麻衣，看來被發現了。

咲太按照吩咐進自己房間換上居家服。可不能不小心感冒，給麻衣添更多麻煩。

閒著沒事做的咲太上床坐著，背靠牆壁，雙腿伸直放鬆。

光是發呆就過了三十分鐘。

麻衣還沒洗完。

隱約聽到的淋浴聲停了。察覺這一點之後，吹風機的聲音響了好一陣子。

當咲太感覺盥洗間的門打開，應該又過了整整二十分鐘。

麻衣穿著七分袖加七分褲的毛茸茸居家服進咲太房間。

「那須野在暖桌睡得很熟。」

麻衣如此告知。大概是去客廳看過才來的。

接著麻衣輕輕嘆口氣，踩著輕盈的腳步爬上床，把枕頭抱在肚子上，坐在咲太旁邊。肩膀幾乎相觸的距離。她立刻握住咲太的手。

「要是沒抓好，感覺你又會跑去別的地方。」

然後辯解般說出這種理由。

不過，只說到這裡。後來麻衣不發一語地握著咲太的手，陪在咲太身旁。

所以咲太不甘示弱……回過神來已經開口了。

「當時，我不得不忘記媽媽。」

咲太的聲音輕輕落在燈都沒開的房內，只有客廳與走廊的微弱燈光從沒關好的門縫射入。

麻衣不發一語，看向咲太的雙眼傾聽咲太的告白。

「因為和『楓』搬到藤澤之後……開始了不依賴父母的生活。」

經濟方面當然是由父親協助。

「早上自己起床，做飯，洗衣服，打掃房間、浴室與廁所，還要倒垃圾……因為只能自己做，所以全都學會了。」

如果只有咲太一個人，應該可以在各方面偷懶吧。但因為有「楓」，所以咲太必須努力，得以努力。

「沒有母親也不成問題。我只是非得成為這樣的人罷了。」

並不是想這麼做，是只能這麼做。並不是想忘記母親活下去，是自然就變成這種結果。如此而已。

「因為不知道媽媽什麼時候會康復……甚至不確定會不會康復。」

「嗯。」

「所以，我想我不曾期待吧。」

「……這樣啊。」

「事情變得理所當然，雖然一開始是被迫展開這種生活……不過現在的生活很舒適。」

「嗯……」

「可是……事到如今又……」

摸索自己的心境似的吐出話語後……就抵達那裡了。

「為什麼……事到如今……」

察覺自己內心某處是這麼想的。

母親康復明明是好事才對。

咲太的理性大喊正是如此。

然而母親康復也會破壞咲太兩年來建立的平穩。

剛開始被迫在扭曲環境開始的生活，如今對咲太來說是正常的生活。內心抗拒這樣的生活被破壞，對進逼而來的變化感到困惑。

或許可以回到一家四口住在一起的平凡幸福使得咲太困惑。

明明是好事卻無法坦率接受，咲太覺得這樣的自己沒出息又丟臉。

這種難受的想法噎在喉頭，遲遲說不出口。

「咲太，你這樣就好喔。」

麻衣的溫柔聲音填補了沉默。

輕盈地包覆咲太。

「這樣哪裡好？」

不過咲太聽不懂麻衣這句話的意思。

咲太認為一點都不好。忘記母親活到現在的自己不該被原諒，因為這絕對不是咲太想成為的「溫柔的人」。

「因為你不必依賴父母，打掃、洗衣服或做飯都可以自己來了，不是嗎？」

「……」

「早上也是自己起床上學，還打工賺錢。」

「……這算得了什麼？」

這是咲太的日常，在這兩年將其當成日常，代價就是犧牲了母親……

「你不知道這叫什麼嗎？」

「……」

咲太沒有頭緒，微微搖頭。

「像你這樣啊，就叫『變成大人』喔。」

麻衣看向咲太，開心地露出微笑。像是祝福成為大人的咲太……溫柔地微笑。

麻衣這份想法與這段話語逐漸填滿咲太的心，滲透到最深處，為凍僵的咲太帶來溫暖。身體中心變得火熱，情感從體內迸發。

當咲太自覺時已經在哭了。淚水決堤般流個不停，滑過臉頰變成情感滿溢而出。

像是幼童帶著嗚咽。咳嗽時，麻衣輕撫咲太的背。她將咲太摟過來，緊抱在懷裡。

這個地方充滿安詳，所以咲太完全放下心來，像是孩子不斷哭泣，直到稚嫩的眼淚流盡。

3

隔天早晨，鬧鐘沒在平常的時間響起。即使如此，到了平常起床的時間，咲太還是感受到早晨的氣息而清醒。

帶著有點慵懶的心情睜開雙眼。

「……」

咲太首先默默眨眼睛兩次。

因為麻衣的臉蛋就在側躺的咲太面前。她和咲太一樣側躺看著咲太。在同一張床上，蓋著同一條被子……

比十公分遠，比二十公分近。似乎感受得到呼吸，如果努力一點可能連睫毛都數得出來。

麻衣看著剛睡醒就愣住的咲太。

「早安。」

她像是覺得有趣般笑了。

「早安。」

咲太先掀起被子，確認是否穿著衣服。

「你在幹嘛？」

麻衣率直地詢問。看來她不懂咲太這麼做的意義。

「我忍不住在意自己的內褲有沒有被脫掉。」

咲太記得昨天自己坐在床上向麻衣吐露心聲。麻衣一直握著咲太的手聽他傾訴，以溫柔的聲音與表情「嗯」地頻頻點頭，承受咲太的情感。

應該是說著說著就累到睡著吧。

咲太不記得自己是幾時睡著的。

所以當然要確認自己是否在睡著的時候轉大人了。

「我怎麼可能做那種事？」

「是嗎～～」

「只有親你而已。」

麻衣隨口說出可愛的話語。稍微移開視線又有點嬌羞的一面也好可愛。

咲太姑且忍耐了一次，不過聽她這麼說還得用理性克制慾望，怎麼想都辦不到。

「麻衣小姐～～」

咲太雙手伸到麻衣的腰際抱住她。

「啊，喂，咲太，放手啦。」

「麻衣小姐太可愛了，辦不到。」

「等……等一下，我真的會生氣喔。」

即使嘴裡這麼說，麻衣試著推開咲太的手還是逐漸放鬆力氣。

「這次破例喔。」

她輕聲說完，雙手環抱咲太的頭，抱在胸前。

「這樣真的好安心。」

而且好香。不過要是講這種話，麻衣一定會放手，所以咲太沒講。

「只能再五秒喔。」

「我想要再五小時。」

「那就五分鐘吧。」

「早知道講五天。」

「不准說傻話。」

這樣的互動至今重複過許多次，但今天的只是表面類似，實際上完全不同。比起以往，咲太與麻衣都稍微放慢速度編織話語，聆聽對方的話語……間隔許久再回話。

彼此樂在其中。

奢侈地享受這段只屬於兩人的時光。

即使對話暫時中斷，彼此的嘴角也留著笑意，其中沒有沉默。

咲太就這麼不發一語地感受麻衣的存在，麻衣就這麼不發一語地感受咲太的存在。

享受大約一分鐘的寂靜之後，麻衣再度開口。

「咲太，今天要做什麼？」

同樣以比平常慢一點的速度說話。

「麻衣小姐呢？」

所以咲太也配合她。

以問題回答問題，並不是因為沒決定行程。剛才清醒的時候，麻衣就在面前……咲太在這個時間點就已經決定今天該做什麼事。

不過，咲太還沒做好說出口的心理準備。

「……我要工作。」

麻衣的聲音帶點失落，看得到這句話的背後有著「雖然想陪著你……」的想法。

「得回到山梨的片場才行。」

這句回應正如預料。因為麻衣是排除萬難趕回來的。

「還好嗎？」

「時間的話還沒問題。」

「我不是在說這個。麻衣小姐，妳沒睡對吧？」

咲太從麻衣的表情感覺到疲累，所以說出口的話語不是確認。麻衣不可能對現在的咲太露出這種破綻。

之所以認定沒睡，是因為咲太如果站在麻衣的立場，他有自信可以守護累到睡著的麻衣到天亮。

「我會請涼子小姐開車接送，會在路上好好睡。」

「改天得向花輪小姐道謝才行。」

咲太和麻衣的交往經常給麻衣的經紀人添麻煩，也受到她的協助。好幾次都是多虧涼子才順利成功。

「那你要做什麼？」

麻衣順著對話走向回到原本的話題。語氣有著包覆一切的溫柔。安排妥當到這種程度，咲太就不得不說了。

「我要去見母親。」

「你一個人沒問題嗎？」

「不知道。」

倔強也沒用，所以咲太直接說出想法。

「因為不知道，所以也覺得沒問題。」

並不是沒逞強，卻也沒有把自己逼得太急。或許因為在另一個可能性的世界裡有機會和母親對話，所以稍微獲得了自信吧。

最重要的是，昨晚麻衣的話語拯救了咲太。

對家人缺乏自信的咲太得到麻衣的依偎與扶持。

習慣和父母分開住的咲太得到麻衣的認同。
這樣就好。麻衣對咲太這麼說。
該以自己的雙腳站起來了，非得站起來才行。
「所以我要去見母親。」
咲太像是要說給自己聽，再說了一次。
「這樣啊。」
麻衣沒鼓勵他，沒說「加油」或是「努力吧」。
「我會等你。」
就只是信任咲太地這麼說。
信任並且等待。
這明明是最困難的事，但麻衣做得到。
為了咲太這麼做。
「穩定之後，也要好好介紹我喔。」
「嗯？」
「介紹給你母親認識。」
「畢竟得報告我們要結婚了。」

「話先說在前面，昨天說的不是那個意思。」

「不是哪個意思？」

「不是求婚。」

「咦～～」

咲太抬頭看向麻衣的臉。麻衣也看著咲太。

「這種話，等你好好出社會獨立……再由你對我說吧。」

麻衣臉頰羞紅，但是視線沒有從咲太臉上移開，以一副「這種程度算不了什麼」的逞強模樣注視咲太。

聽到麻衣這麼說，咲太愈來愈喜歡她了。

「好啦，五分鐘過了。」

「再五分鐘。」

「不行～～放手。」

像責備孩子的說法。

「不然，再十分鐘。」

「為什麼變長了？」

麻衣一掌拍向咲太的腦袋。

「好痛！」

當然一點都不痛。

「好啦，快一點。」

「咦～～」

「一直這樣抱著，也沒辦法給你早安的親親吧？」

賞完鞭子就給顆甜蜜的糖果。咲太立刻上鉤，放開麻衣，將臉湊過去想來個早安的親親，臉卻被按住推回去。

「嗚噗！」

鼻子被壓扁發出怪聲。

麻衣以推開咲太的反作用力下床。

「麻衣小姐，早安的親親呢？」

咲太也坐起身子不肯罷休。

麻衣以手梳理稍微亂掉的頭髮。

「先刷牙再說。」

吩咐咲太等一下之後，麻衣也先一步走出房間。聽腳步聲是走向盥洗間。大概要在鏡子前面檢查儀容吧，因為想在咲太面前維持漂漂亮亮的模樣……

這樣的麻衣使得咲太臉頰笑意藏不住。

光是有麻衣，起床的時間就如此快樂。

光是聽她的聲音，內心就樂不可支。

光是稍微被她捉弄就會傻笑，愈來愈喜歡她。咲太有著這樣的自覺。

光是有麻衣，咲太就好幸福。

不過，咲太已經知道了。

有理央與佑真陪伴就更加安心。

有朋繪與和香就更是常保笑容。

有花楓就更能努力。

一旦知道就會變得貪心。這是人類的本性。

所以，咲太走下依然殘留麻衣體溫的床。

決定以自己的雙腳好好站穩。

4

早上八點過後，經紀人花輪涼子開車來接麻衣，咲太到玄關目送她出門。咲太認為涼子應該看不見他，所以他即使跟到樓下也只會令麻衣困擾。

剩下自己一個人之後，咲太收拾剛才和麻衣一起吃早餐的餐桌，餐具也簡單洗好。接著他也立刻換衣服出門。

從藤澤站轉搭電車移動約一個小時。

在無事可做的電車上，咲太一直思考自己見到母親之後想對她說什麼。不斷反覆思考，在腦中反芻。

花楓遭到霸凌，全家天翻地覆的那段時期。不只如此，花楓還爆發解離性障礙的症狀，咲太也是自顧不暇。

即使如此，咲太這次還是想好好保護楓與花楓而努力。

在分開住的這些日子，咲太也恨過父親與母親……現在依然不知道該對父母抱持何種想法，找不到答案。

然而咲太的母親只有「媽媽」一人，這個事實從頭到尾未曾改變……

某些事反倒是分開住之後才察覺。父親與母親的存在絕對不是天經地義。

為了盡可能將自己的想法化為正確又易懂的話語，咲太在電車上持續思考。

想著想著，約一小時的移動轉眼即逝，咲太一下子就抵達母親所在的員工住宅。

一步步走上階梯。一邊面對自己的心一邊上樓。

站在門前，姑且按下對講機。不過機械沒對咲太的手指起反應。

所以咲太從口袋拿出鑰匙開門。他一開始就打算這麼做，所以如今不會猶豫。

脫鞋進入屋內。走到飯廳的時間點，咲太就覺得莫名寧靜。家裡沒有任何人的氣息。

客廳沒人，隔壁的和室也空蕩蕩的，另一間西式房間也空無一人。

「媽媽？花楓？」

咲太一邊叫一邊確認浴室與廁所以求謹慎，但母親與花楓都不在，父親也不在。

「出門了嗎？」

父親應該是去上班，但咲太不認為母親與花楓有什麼特別的事情要做。母親只處於出院觀察的階段，花楓已經從國中畢業，現在在放春假。

咲太回到飯廳，注意到貼在冰箱上的月曆。

三月十九日以紅筆標記，下方註明「就醫」。

今天就是三月十九日。

肯定是母親的診察日吧。花楓應該也一起去醫院了。

固定月曆的磁鐵夾著三摺的醫院簡介。是位於新橫濱站的醫院，搭乘東海道新幹線的話是東京、品川的下一站。咲太聽父親說過該醫院精神科的住院設施很齊全。

從這裡的話只隔一站。

咲太只以簡介地圖確認地點之後就穿鞋離開員工住宅。畢竟在這裡等也不知道幾點會回來，而且咲太沒有心情等待。

咲太這麼想是基於一個原因。

他想主動去見母親。

折返回車站的路上，咲太稍微加快腳步。雖然沒必要趕路，但心情帶著他的雙腳前進，自然就走得這麼快了。

咲太也自覺內心存在著焦躁般的情感。因為從車站搭乘電車只移動一站的這段期間，這份情感化為緊張逐漸膨脹……

即使如此，這份情感並沒有束縛咲太。即使下車穿過驗票閘口，從車站步行約五分鐘看見醫院建築物，如今也不會亂了步調。

地上八層樓建築的大醫院就在面前，但咲太依然沒停下腳步，從自動門進入醫院。

他不知道母親在哪裡，總之先看櫃檯旁邊的樓層圖，查出精神科在五樓之後搭電梯前往。

只載著咲太的小箱子，中途沒停下就抵達五樓。

等待門開啟之後走出電梯，來到幾乎沒有雜音的寧靜走廊。腳下是地毯，所以腳步聲也被吸收。

往右看，往左看。

估計達三十公尺的長長走廊只並排著相同模樣的門。雖然寫著房間號碼，門牌卻沒寫上患者的姓名。

現在是著重個資保護的時代，大概是受到這方面的影響，也可能是在這種醫院理所當然會這麼做。

這麼一來就無從得知母親的病房在哪裡。

只是以咲太的狀況，他也不必沉浸在失望的心情裡。

「反正沒人看得見我，我一間間打開就好。」

事到如今只能不擇手段。

如此心想的咲太朝著最深處的病房房門伸出手。就在這個時候，旁邊第三間病房的門先打開了。

「醫生剛才說的，我去打電話告訴爸爸喔。」

花楓一邊對室內這麼說，一邊來到走廊。

她看起來沒發現咲太，背對這裡朝電梯方向走，走約三公尺之後右轉進入休息室。咲太剛才看的時候有發現公用電話，她大概是想打公用電話聯絡父親吧。

多虧花楓，咲太也知道是哪間病房了。

「人生在世就該有個妹妹啊。」

咲太在心中向花楓道謝，慢慢走向母親的病房。

在門前只深呼吸一次。緊張程度又高了一截。口腔莫名乾燥，大腿總是不安分。

即使如此，咲太還是有餘力靜靜打開病房的拉門。

進入房間之後關上門。這次同樣也不發出聲音。

母親應該看不見咲太，所以恐怕也不會察覺咲太發出的聲音。這種貼心之舉應該不需要，但是這種顧慮是自然運作的，身體擅自起反應認為在醫院就該這麼做。

病房是小小的單人房，放一張病床之後，周圍只剩下一點點空間。

窗戶是採光設計，所以沒有壓迫感。醫院特有的過度清潔感也不明顯。

放置的東西不多，卻感覺得到使用者的溫度。

從房間感受到母親的體溫。

母親坐在床邊，雙腳垂到地上。

側臉看起來有點疲倦。

「剛才太拚命了。」

這句話大概是針對花楓過來探望所說的。不過並不是在後悔，應該是感受到舒服的疲倦才說出這種感想。

「對了。」

母親想起什麼似的朝邊桌伸出手，從桌上的托特包拿出一本筆記本。

在病床附設的餐桌上打開這本筆記本，然後工整地寫上剛才說的話語。

要對母親說的話語，咲太自認在來到這裡之前已經整理完畢。

自認已經選好該說的話語。

自認已經反芻無數次以免失敗。

然而當母親就在面前，預先準備的話語連一句都說不出口。

相對的，某個想法自然脫口而出。

「媽媽……一直在努力……」

在這個小小的房間，在這兩年來……

一直獨自努力。

說出聲之後，這個想法在咲太內心成為一份龐大的情感。帶著熱度的情感，強烈刺激鼻腔深處。

所以明明是短短一句話，咲太的聲音卻在顫抖，已經沾滿淚水。

說完這句話的時候，豆大的淚珠落在地上。從咲太雙眼流出的淚水滴答滴答地弄溼醫院地毯，只有該處的顏色變深。

「媽媽也……一直在努力……」

這種事，咲太早就知道了……

不用想也知道。

因為一直努力，所以很難受。因為沒有逃，所以內心承受不了。

但是當自己出了問題，就會變得不知道這種事。有時候即使是家人……正因為是家人……才會以冰冷的情感面對。

才會變得連這種單純的事情都不知道。

如今，咲太知道了。

這兩年來，他一直不去思考母親的事，不過光是這樣，母親是母親的事實不會消除，直到國中時代和母親共處每一天的記憶也不會消失。

這種事不是講道理的。

試著以理由解釋是很荒唐的做法。

老實地起反應的身體讓咲太學會這一點。

咲太察覺到，自己就只是單純對於母親恢復健康……對母親努力後成功回復健康感到喜悅。

現在這就是一切。

其他事情一點都不重要。

之所以這麼想，肯定是因為彼此是一家人。

咲太認為這份情感正是自己真正想傳達的東西。所以……

「媽，謝謝您。」

謝謝您這麼努力。

謝謝您恢復健康。

謝謝您成為我的母親。

謝謝您生下我。

謝謝您養育我長大……

「謝謝。」

這兩年留存在內心深處的心意滿溢而出，和淚水與鼻水一起無止盡地滿溢而出。

擦多少次淚水，擤多少次鼻涕都不會停。身為一家人而產生的這份情感想必不會枯竭……

即使偶爾休息也不會消失，總是存在於那裡，總是一直存在於那裡，所以不會察覺。明明是如此重要的東西。

應該是相隔兩地度過的這兩年讓咲太察覺的。理所當然的事物變得不是理所當然……明明某位少女教過咲太，咲太卻沒察覺這件事也是如此。能將小小的幸福當成幸福，其實是最幸福的事。

曾經無法依賴母親，曾經只能忘記母親活下去……不過母親像這樣恢復健康，咲太能對此感到高興，內心存在著這樣的幸福。

能對母親抱持這種想法的自己，確實還存在於此處。

淚水的熱度稍微消退。

母親沒察覺這樣的咲太。

沒能認知到他。

既然這樣，咲太覺得也無妨。

既然這樣，那就來無數次吧……

只要過來一次又一次，直到母親察覺就好。

咲太已經沒有迷惘或不安。

他會來見母親數十次，數百次，數千次，直到那一天到來。

所以，在這個當下……

「媽，我會再過來。」

咲太說完就轉身背對病床。

朝房門伸手要走出病房。

幾乎就在同一時間……

「……咲太。」

咲太感覺被叫住了。

咲太認為是自己多心。這是稱心如意的幻聽，肯定是如此。

但他忍不住轉身。

還沒思考，身體就先動了。

「媽……？」

咲太戰戰兢兢地開口。

母親的臉朝向咲太，雙眼也筆直注視咲太。

「你來看我了啊。」

母親虛弱地笑，感覺有點愧疚……

「沒錯。」

咲太不希望母親露出這種表情，所以擠出不習慣的笑容。

「學校呢？」

「已經像在放春假了。」

淚水沾溼的臉頰也以衣袖擦乾掩飾。

「不可以蹺課啊。」

「嗯，是沒錯啦。」

「不過，太好了。」

「咦？」

「隔了這麼久，終於又見到你了。」

「媽……」

咲太離開門邊，回到病房內。

咲太走到床邊，母親就握住他的雙手。小時候覺得母親的手好大，但現在是咲太的手比較大。上次和母親牽手是小學時代了，咲太連這種事都不知道。咲太一直認為母親是巨大的，認為母親是龐大的存在。明明身高早就是咲太比較高，卻老是想讓母親保護。

然而，並非如此。自己可以讓母親依靠了。

因為就如麻衣認同的，和那個時候比起來，咲太已經成為大人了……

成為這樣的母子就好，成為一家人就好。

「咲太，謝謝你。」

「只不過是探病，今後我隨時都會來。」

「花楓的事情，謝謝你。」

「……」

咲太想點頭出聲回應，但是做不到。因為要是現在開口，淚水可能會再度奪眶而出。

「我們家的哥哥是咲太，真是太好了。」

「……」

眼角一熱。

「對不起，一直讓你一個人承擔。」

「……」

咲太忍受著這股熱度搖了搖頭。

「咲太，我好愛你。」

然而聽到母親這麼說，忍耐什麼的一點都派不上用場。

咲太早就知道了，知道母親的這份心。

只不過是自己變得無法相信罷了，因為並不是一直陪在她身旁。

內心的這些芥蒂全部以淚水的熱度融化。

模糊視野的另一側，母親也在哭泣。

「嗯……嗯……」

母親一直出聲附和，不知道在附和什麼，但只有咲太知道。因為是一家人……所以知道。

花楓回到病房，兩人的淚水依然停不住。花楓肯定不知道咲太為什麼在這裡。即使如此，當咲太回過神來，花楓也一起在哭泣。一起哭泣的這一天，咲太他們成為真正的一家人了。

盛開的櫻花帶來春天。

季節擅自更迭。

即使哭泣，夏天依然來臨。

即使歡笑，秋天依然來臨。

即使整天念書準備考試，冬天依然來臨。

在那之後，思春期症候群再也沒發生。

也沒被思春期症候群波及。

所以咲太以為這一切已經結束。

然而一切都沒有結束。

季節擅自更迭。

經過春、夏、秋、冬……

新的春天來臨了。

邁向新季節

入學典禮結束之後走出會場一看，櫻花花瓣輕飄飄地隨著春風飛舞。

「啊～～結束了～～」

本來想舒服地伸個懶腰，但是穿西裝的肩膀卡卡的，沒辦法盡情舉起手臂。

即使如此，咲太的心還是很輕盈，有種至今沒經歷過的解放感。

終於變成大學生了。

高中三年級的一整年，真的是埋首苦讀的每一天……

在上學的電車上打開參考書，下課時間背英文單字，上課的時候當然要聽講，在放學的電車上也複習今天早上的內容，連打工的休息時間都用來念書。

麻衣不時舉行突擊小考，拿下及格分數就會給予獎賞，考不及格的時候也會露出溫柔的笑容。不過這樣反而恐怖就是了……

咲太年底模擬考成績不佳的時候，麻衣都不跟他說話，真的很要命。咲太為了討麻衣歡心，甚至拜託立志考同一所大學的和香教他。

盡力把能做的事情做好，才終於得以迎接今天的到來。

大學的入學典禮。

到了今天，咲太才基於真正的意義感覺從考試中解脫。

順帶一提，一起報考的和香也考上另一個科系。她也有參加今天的入學典禮，但咲太不知道她坐在哪裡。好像是認為頂著一頭金髮出席還是不太妙，所以今天早上在藤澤公寓門前會合的時候，以往閃亮耀眼的金髮已經染得烏溜溜的。

「妳哪位？」

這是咲太發自內心的感想。

以往綁成側馬尾的頭髮也自然垂下，所以咲太更認不出她是誰。

「是我啦！」

咲太與和香就讀的是橫濱市內的市立大學，所以市長也蒞臨入學典禮致詞。咲太已經記不得市長說了什麼……不過肯定是令人深受感動的嘉言吧。

「這下子應該找不到了。」

咲太姑且試著找和香，設為入學典禮會場的綜合體育館前方卻滿是身穿類似西裝的新生，想找不是金髮的和香也無從找起。

來到貫穿校園中央的大道，狀況也沒什麼改變。

通往正門的道路滿是沒穿慣西裝無所適從的新生，以及早早就在幫社團或同好會招生的學長姊。各處都看得見舉牌或看板，有人為了引人注意而扮裝，甚至還有幾隻真人布偶，是一場頗為

熱鬧的慶典。

「總覺得好像大學。」

實際上這裡就是大學，所以這麼說沒有錯。不過咲太覺得很難遇見如此符合印象的光景。

多虧這樣，咲太感覺自己真的成為大學生了。

咲太沿著展現大學熱鬧樣貌的大道走向正門。他認為只要在門口等應該就找得到和香。

其實先回去也不成問題，不過和香說過「姊姊拜託我幫你拍照」，所以姑且還是留在大學裡比較好。

打著這個主意走著的咲太，在接近正門的時候「嗯？」地察覺某個東西而停下腳步。

在大學生炒熱氣氛的空間，他好像看見一個格格不入的人影。特別嬌小的人影……

這不是咲太多心。

揹著紅書包的肩膀掠過視野一角，以蹦蹦跳跳的腳步俐落地鑽過大學生的森林。美麗的黑髮隨風飄揚，從咲太身旁飛奔而去。

雖然沒能看清全身，但咲太直覺認為就是那個女孩。酷似童星時代麻衣的小女孩。咲太認為這個小學女孩是思春期症候群讓他看見的幻影，一直這麼認為……

「啊，喂！」

咲太連忙轉身叫她。

然而揹書包的小女孩已經無影無蹤，一下子就看不見。

相對的，咲太好像聽到某人叫他。

「……？」

咲太疑惑地確認周圍。

「……梓川？」

這次比剛才聽得清楚多了。確實有人叫他。感覺自己好像認識，但是光聽聲音聽不出是誰的聲音。

「你是……梓川吧？」

如此搭話的人物位於咲太正前方。身穿穩重深藍色褲裝的女生。看這身打扮就知道和咲太一樣是新生，換句話說，她從今天開始是女大學生。

「……」

她戴著細框眼鏡，筆直地看著咲太。咲太不發一語，所以她的雙眼深處隱藏著不安。

咲太認識面前的女大學生。

雖然曾經忘記，卻因為某個契機回想起來的人物。不過這也是一年多前的往事，所以情感沒能立刻起反應。即使如此，咲太還是輕聲說出內心想到的名字。

「妳是……赤城吧？」

這就是她的名字。

赤城郁實。

「嗯，好久不見。」

她面不改色地說出這句話。

這一天，梓川咲太和國中時代的同學重逢了。

後記

動畫版開始播映了。

請務必欣賞會動會說話的咲太與麻衣小姐等人。

漫畫版《青春豬頭少年不會夢到兔女郎學姊》與《青春豬頭少年不會夢到小惡魔學妹》也發售中。

《兔女郎學姊》是七宮つぐ実老師；《小惡魔學妹》是浅草九十九老師，漫畫版由以上的豪華陣容獻給各位。可以看到許多可愛的麻衣小姐與鬧彆扭的朋繪喔。

此外也正在進行各種為本作增色的精品企畫，青豬世界今後將繼續吸引各位的目光。

繪製插畫的溝口ケージ老師、編輯部的黑川大人、黑崎大人、藤原大人，這次也備受各位的關照。

也要鄭重感謝陪同走到最後的各位讀者，希望能在下一集再次見到各位。大學生篇即將開始。應該吧。

鴨志田一

喜歡本大爺的竟然就妳一個？ 1~6 待續

Kadokawa Fantastic Novels

作者：駱駝　插畫：ブリキ

流水麵線、海水浴，還有煙火大會！
大爺我要把這個暑假享受個體無完膚！

暑假終於要開始了！其實我和葵CosPansy約定好很多事情耶。我的高中二年級暑假將會充滿一輩子未必能有一次的幸福！就讓大爺我享受個體無完膚吧！話是這麼說，為什麼水管的好友特正北風會出現在我面前啦！嗯？有事找我商量？該、該不會是──！

各 **NT$200~240/HK$60~80**

Kadokawa Light Novels

GAMERS電玩咖！ 1~6 待續

Kadokawa Fantastic Novels

作者：葵せきな　插畫：仙人掌

經過「修比爾王國」的那件事，情侶們的關係即將瓦解!?

經過遊樂園的那起事件，雨野景太道出驚人想法：「假如天道同學對我深深幻滅了……到時候，我打算跟她分得一乾二淨。」這時，挺身而出的是那個亂有主角體質的青年！經過電玩社的逆轉性審判，天道得出了結論。「雨野同學……讓這樣的關係結束吧。」

台灣角川

各 NT$180~240/HK$55~75

P.S.致對謊言微笑的妳 1~2 待續

Kadokawa Fantastic Novels

作者：田辺屋敷　插畫：美和野らぐ

榮獲第29屆Fantasia大賞〈金賞＋評審特別賞〉
鮮明強烈的科幻青春戀愛故事。

我與風間遙香真正邂逅了。一度取回的平靜生活卻沒有持續太久，某天我的手機開始收到奇怪的簡訊──「那個男的居然讓我扮成這羞死人的樣子……！」「希望正樹忘記浴室的事。」然而之後竟然發生與簡訊內容一樣的事情，簡直就像簡訊預知了未來……

各 **NT$200~220/HK$65~75**

國家圖書館出版品預行編目資料

青春豬頭少年不會夢到紅書包女孩 / 鴨志田一作；
哈泥蛙譯. -- 初版. -- 臺北市：臺灣角川, 2019.07
面；　公分

譯自：青春ブタ野郎はランドセルガールの夢を見ない
ISBN 978-957-743-080-9(平裝)

861.57　　　　108007850

Kadokawa
Fantastic
Novels

青春豬頭少年不會夢到紅書包女孩

（原著名：青春ブタ野郎はランドセルガールの夢を見ない）

2019年8月1日 初版第1刷發行
2024年5月30日 初版第13刷發行

作者：鴨志田一
插畫：溝口ケージ
日版設計：木村デザイン・ラボ
譯者：哈泥蛙
發行人：台灣角川股份有限公司
總監：呂慧君
總編輯：蔡佩芬
主編：林秀儒
編輯：孫千棻
設計指導：陳晞叡
美術設計：吳佳昫
印務：李明修（主任）、張加恩（主任）、張凱棋、潘尚琪
發行所：台灣角川股份有限公司
地址：104台北市中山區松江路223號3樓
電話：（02）2515-3000
傳真：（02）2515-0033
網址：www.kadokawa.com.tw
劃撥帳戶：台灣角川股份有限公司
劃撥帳號：19487412
法律顧問：有澤法律事務所
製版：尚騰印刷事業有限公司
ISBN：978-957-743-080-9

SEISHUN BUTA YARO WA RANDOSERU GIRL NO YUME WO MINAI

Edited by 電撃文庫
First published in Japan in 2018 by KADOKAWA CORPORATION, Tokyo.
Complex Chinese translation rights arranged with KADOKAWA CORPORATION, Tokyo.